AF312679

Vente des 1er et 2 Juin 1891

(HOTEL DROUOT)

CATALOGUE

DE

BONS LIVRES

MANUSCRITS ET IMPRIMÉS

LA PLUPART

RELIÉS EN MAROQUIN ANCIEN

PROVENANT DE

LA BIBLIOTHÈQUE DE M. LE MARQUIS DE R****

Aimanach historique de la Révolution française, 6 vol. in-18, fig. de Moreau et de Duplessis-Bertaux, épreuves avant la lettre et 6 eaux-fortes — Boccace. Le Décaméron (1757), 5 vol. in-8°, exemplaire non rogné. — Conjuration du comte de Fiesque, 1665, in-12. — Crébillon. Œuvres complètes, 1785, 3 vol. in-8°. — Feuillet. Roman d'un jeune homme pauvre. *Paris*, Quantin, s. d. avec 21 dessins originaux. — Gœtho. Faust. 1880, avec 8 dessins originaux. — V. Hugo. Le Roi s'amuse. 1883, in-4°, avec 18 dessins originaux. — I Salmi di David. 1573, in-32, aux armes de Catherine de Médicis. — La Fontaine. Fables avec les figures d'Oudry, 4 vol. in-fol., exemplaire en grand papier. — La Fontaine. Contes et nouvelles, 1762, 2 vol. in-8°. — Magasin des modes, 1786 et 1787, 2 vol. in-8°. — Ovide. Les Metamorphoses, 1767-1771, 4 vol. in-4°. — Prévost. Histoire de Manon Lescaut. *Paris*, Didot. 1797, 2 vol. in-12 avec les figures de Lefèvre, avant la lettre et eaux-fortes. — Regnard. Œuvres. *Paris*, 1790, 4 vol. in-8°, fig. de Borel. — Swift. Voyages de Gulliver. *Paris*, Didot. 1797, 4 vol. in-12 avec les figures de Lefèvre avant la lettre. Tasso (Torquato). **La Gerusalemme liberata**. *Paris*, Delalain, 1771, 2 vol. in-4° avec les 88 dessins originaux de GRAVELOT. — Voltaire. Œuvres complètes, *Kehl*, 1784-1789, 70 vol. gr. in-8°. — Livres d'Heures, etc., etc.

PARIS

CH. PORQUET, LIBRAIRE

1, QUAI VOLTAIRE, 1

1891

PARIS

TYPOGRAPHIE GEORGES CHAMEROT

19, RUE DES SAINTS-PÈRES, 19

CATALOGUE

DE

BONS LIVRES

MANUSCRITS ET IMPRIMÉS

LA PLUPART

RELIÉS EN MAROQUIN ANCIEN

LA VENTE AURA LIEU

Les Lundi 1ᵉʳ et Mardi 2 Juin 1891

A DEUX HEURES PRÉCISES

HOTEL DES COMMISSAIRES-PRISEURS, RUE DROUOT, 5

Salle n° 5. au premier

Par le Ministère de Mᵉ **MAURICE DELESTRE**, Commissaire-Priseur

27. RUE DROUOT

Assisté de **M. Ch. PORQUET**, libraire, quai Voltaire, 1

ORDRE DES VACATIONS

		Numéros.
PREMIÈRE VACATION. — *Lundi* 1ᵉʳ *Juin* 1891.		47 à 116
—	—	1 à 46
—	—	117 à 118
DEUXIÈME VACATION. — *Mardi* 2 *Juin* 1891.		119 à 214
—	—	218 à 237
—	—	215 à 217

CONDITIONS DE LA VENTE

La vente se fait au comptant.

Les acquéreurs payeront 5 pour 100 en sus des enchéres, applicables aux frais.

Les livres devront être collationnés sur place dans les vingt-quatre heures de l'adjudication. Passé ce délai, ou une fois sortis de la salle de vente, ils ne seront repris pour aucune cause.

M. Cʜ. PORQUET remplira les commissions des personnes qui ne pourraient assister à la vente.

CATALOGUE

DE

BONS LIVRES

MANUSCRITS ET IMPRIMÉS

LA PLUPART

RELIÉS EN MAROQUIN ANCIEN

PROVENANT DE

LA BIBLIOTHÈQUE DE M. LE MARQUIS DE R****

Almanach historique de la Révolution française, 6 vol. in-18, fig. de Moreau et de Duplessis-Bertaux, épreuves avant la lettre et 6 eaux-fortes — Boccace. Le Décaméron (1757), 5 vol. in-8°, exemplaire non rogné. — Conjuration du comte de Fiesque, 1665, in-12. — Crébillon. Œuvres complètes, 1785, 3 vol. in-8°. — Feuillet. Roman d'un jeune homme pauvre. *Paris*, Quantin. *s. d.* avec 24 dessins originaux. — Gœthe. Faust, 1880, avec 8 dessins originaux. — V. Hugo. Le Roi s'amuse, 1883, in-4°, avec 18 dessins originaux. — I Salmi di David, 1573, in-32, aux armes de Catherine de Médicis. — La Fontaine. Fables avec les figures d'Oudry, 4 vol. in-fol., exemplaire en grand papier. — La Fontaine. Contes et nouvelles, 1762, 2 vol in-8°. — Magasin des modes, 1786 et 1787, 2 vol. in-8°. — Ovide. Les Métamorphoses, 1767-1771, 4 vol. in-4°. — Prévost. Histoire de Manon Lescaut. *Paris*, Didot, 1797, 2 vol. in-12 avec les figures de Lefèvre, avant la lettre et eaux-fortes. — Regnard. Œuvres. *Paris*, 1790, 4 vol. in-8°. fig. de Borel. — Swift. Voyages de Gulliver. *Paris*, Didot, 1797. 4 vol. in-12 avec les figures de Lefèvre avant la lettre. Tasso (Torquato). La Gerusalemme liberata. *Paris*, Delalain, 1771, 2 vol. in-4° avec les 88 dessins originaux de Gravelot. — Voltaire. Œuvres complètes. *Kehl*, 1784-1789, 70 vol. gr. in-8°. — Livres d'Heures, etc., etc.

PARIS

CH. PORQUET, LIBRAIRE

1, QUAI VOLTAIRE, 1

—

1891

CATALOGUE

DE

BONS LIVRES

MANUSCRITS ET IMPRIMÉS

LA PLUPART RELIÉS EN MAROQUIN ANCIEN

1. **ACTES des Apôtres** (Nouveau Testament). en latin et en français, trad. par Sacy. *Paris, Saugrain,* 1798, in-8, v. marb., fil., tr. dor.

   28 figures dess. par *Moreau le jeune.* ÉPREUVES AVANT LA LETTRE.

2. **ALFIERI** (Vittorio). Il Misogallo, prose e rime. *Londra.* 1799, in-8, bas., tr. jasp.

   Première édition rare de cette pièce satirique.

3. **ALMANACH des Modes** et Annuaire des Modes réunis. Deuxième année. *Paris, l'éditeur et Rosa,* 1815, in-18, fig., v. fauve, fil., tr. dor.

   6 figures dessinées par *Horace Vernet* et coloriées.

4. **ALMANACH HISTORIQUE** de la Révolution françoise pour l'année 1792, rédigé par M. J.-P. Rabaut. Ouvrage orné de gravures (6) d'après les dessins de Moreau. *Paris, Onfroy (de l'imprimerie de Didot l'aîné, s. d. (1792).* in-18. — Précis historique de la Révolution française : Assemblée législative, par Lacretelle jeune. Avec deux gravures. *Paris, Onfroy et Treuttel et Wurtz (de l'imprimerie de Didot jeune),* an IX (1801), in-18. — Convention

A.   1 nationale, par Lacretelle jeune. Avec quatre gravures. *Paris, Treuttel et Würtz (de l'imprimerie de Didot jeune)*, *an XI* (1803), 2 vol. in-18. — Directoire exécutif, par Lacretelle jeune. Avec quatre gravures. *Paris, Treuttel et Würtz (de l'imprimerie de Didot jeune)*, 1806, 2 vol. in-18. Ensemble 6 vol. in-18, mar. rouge, dent., tr. dor. (*Lefebvre.*)

Bel exemplaire tiré sur papier vélin, contenant 16 figures dess. par *J.-M. Moreau* et *Duplessi-Bertaux*. ÉPREUVES AVANT LA LETTRE et 6 EAUX-FORTES pour les planches de l'Assemblée législative et de la Convention nationale.

5. ALMANACH iconologique pour l'année 1767. Première partie des Vertus. Orné de figures (12) avec leurs explications par M. Gravelot. *Paris, Lattré, s. d.*, in-18, mar. rouge, fil., tr. dor. (*Rel. anc.*)

Titre gravé et 12 figures dess. par *Gravelot*, gr. par *Simonet, Delongueil, Leveau.*

6. ALMANACH iconologique. Année 1778. Les Vertus et les Vices. Quatorzième suite, par M. Cochin. *Paris, Lattré*, 1778, in-18, texte gravé, broché.

Titre gravé et 12 figures dess. par *Gravelot et Cochin*, gr. par *Aliamet, Nicollet, Massard, Gaucher, Lingée, Leveau*, etc.

7. ALMANACH royal, année 1770. *Paris, Le Breton*, 1770, in-8, mar. rouge, larges dentelles, dos orné, tr. dor.

Armoiries sur les plats.

8. ANTHOLOGIE françoise, ou Chansons choisies depuis le XIIIe siècle jusqu'à présent (par Monet). — *S. l. (Paris)*, 1765, 3 vol. in-8. — Chansons joyeuses, par un àneonyme, onyssime (par Collé). *Paris*, 1765, 2 parties in-8. Ensemble 4 tomes en 2 vol. in-8, fig., v. fauve, fil., tr. dor. (*Derome.*)

Portrait de Monet gr. par *de Saint-Aubin* d'après *Cochin* et 3 frontispices dess. par *Gravelot*, gr. par *Le Mire.*

9. ARISTOPHANIS COMOEDIAE novem. Plutus. (Nebulae. Ranae. Equites. Acharnes. Vespae. Aves. Pax. Contionantes. (Graece cum scholiis graecis, et praefatione

graeca Marci Musuri.) (In fine :) *Venetiis, apud Aldum, MIID* (1498), *Idibus Quintilis,* in-fol. mar. vert, dent., dos orné, doublé de tabis, tr. dor. (*Bozérian.*)

Première édition rare. Bel exemplaire, sauf un raccommodage au premier feuillet.

10. Augustin (Saint). Traduction du livre des Mœurs de l'Eglise catholique; avec des sommaires de la Doctrine contenue dans chaque chapitre (par Antoine Arnauld). *Paris, Ant. Vitré,* 1652, pet. in-12, mar. rouge, fil. à la Du Seuil, dos orné. tr. dor. (*Rel. anc.*)

11. Ausonn (D. Magni) Burdigalensis poëtae, Augustorum praeceptoris, virique Consularis opera, tertiae fere partis complemento auctiora, et diligentiore quam hactenus censura recognita (a Guil. de la Barge). *Lugduni, apud Joan. Tornaesium,* 1558, in-8, mar. rouge. fil. (*Rel. anc.*)

Un nom coupé en haut du titre.

12. Bacon (Francis). Essays moral economical and political with the life of the author. *London, J. Carpenter,* 1812, in-8, port. mar. violet. dent.. coins dorés, dos orné, tr. dor.

13. BÉRANGER (P.-J. de). Chansons anciennes nouvelles et inédites avec des vignettes de Devéria et des dessins coloriés d'Henri Monnier. Suivies des procès intentés à l'auteur. *Paris, Baudouin frères.* 1828. 2 vol. in-8. mar. violet. fil.. fers à froid. dos ornés. tr. dor. (*Simier.*)

Bel exemplaire contenant 33 planches coloriées.

14. Bernier (J.). Histoire de Blois, contenant les Antiquitez et Singularitez du comté de Blois: les Eloges de ses Comtes: et les Vies des hommes illustres qui sont nez au Païs Blesois. Avec les noms et les armoiries des familles nobles du mesme païs. *Paris. Fr. Muguet.* 1682. in-4. carte, mar. rouge. fil.. tr. dor. *Rel. anc.*

Aux armes de J.-B. Colbert.

15. BERQUIN. Idylles. Second recueil. *Paris, de l'imprimerie de Quillau*, 1775, pet. in-8, fig. de Marillier, v. marbr.

12 fig. dess. par *Marillier*. ÉPREUVES AVANT LES NUMÉROS.

16. BIBLE (Sainte), traduite sur les textes originaux, avec les différences de la Vulgate (par Nic. Le Gros). *Cologne, aux dépens de la Compagnie*, 1739, in-12, front. de B. Picart, mar. rouge, fil., tr. dor.

Sur le dos et les plats, LA CROIX DE LA MAISON DE SAINT-CYR.

17. BIBLE (Sainte) en latin et en françois, suivie d'un Dictionnaire étymologique géographique et archéologique. *A Paris, chez Lefèvre*, 1828, 13 vol. in-8, grand papier vélin, fig., mar. violet, fers à froid, dent. intér., dos ornés, doublés de tabis, tr. dor. (*Simier.*)

65 figures dess. par Devéria. ÉPREUVES AVANT LA LETTRE.

18. BLASONS, poésies anciennes recueillies et mises en ordre par D. M. M*** (Méon). *Paris, P. Guillemot*, 1807, in-8, demi-rel. mar. citron, non rogné. (*Simier.*)

19. BLIN DE SAINMORE. Lettre de Biblis à Caunus, son frère. *Paris, Séb. Jorry*, 1765. — Lettre de Gabrielle d'Estrées à Henri IV. *Paris, Séb. Jorry*, 1766. — Lettre de Sapho à Phaon, précédée d'une épître à Rosine. *Paris, Séb. Jorry*, 1766. — Lettre de Jean Calas à sa femme et à ses enfants. *Paris, Séb. Jorry*, 1767. — Ensemble 4 parties en 1 vol. in-8, pap. de Hollande. v. fauve, fil. tr. dor.

4 figures, 4 vignettes et 4 culs-de-lampe dess. par *Eisen*, gr. par *Aliamet, de Longueil, Massard, de Ghendt*, etc.

20. BOCCACE (Jean). LE DÉCAMÉRON (traduit par Ant. Le Maçon). *Londres (Paris)*, 1757-1761. 5 vol. in-8, pap. de Hollande, demi-rel. mar. citron, dos et coins. (*Simier.*)

Très bel exemplaire NON ROGNÉ contenant : 5 frontispices, 1 portrait, 110 figures et 97 culs-de-lampe, dess. par *Gravelot, Boucher, Cochin* et *Eisen*, gr. par *Aliamet, Baquoy, Flipart, Legrand, Lemire, Saint-Aubin, Tardieu*, etc. Belles épreuves.

21. BOCCACE (Jean). Le Décaméron (traduit par Ant. Le

Maçon). *Londres (Paris)*, 1757-1761, 5 vol. in-8, fig., v. fauve.

> 5 frontispices, 1 portrait, 110 figures et 97 culs-de-lampe dess. par *Gravelot, Boucher, Cochin et Eisen*, gr. par *Aliamet, Baquoy, Flipart, Legrand, Lemire, Saint-Aubin, Tardieu,* etc.
> Aux armes de Lenormant d'Etioles.

22. Bossuet (J.-B.). Oraison funèbre de Henriette-Marie de France, reine de la Grande-Bretagne. — Oraison funèbre de Henriette-Anne d'Angleterre, duchesse d'Orléans. *Paris, Sébastien Mabre-Cramoisy*, 1671, in-12. Ensemble 2 parties en 1 vol. in-12, v. brun.

23. Bossuet (Jac.-Bén.). Discours sur l'histoire universelle. A Monseigneur le Dauphin : pour expliquer la suite de la religion et les changements des empires. *Paris, Durand.* 1771, 2 vol. in-12, mar. vert, fil., tr. dor. (*Rel. anc.*)

24. Bossuet. Discours sur l'histoire universelle, édition augmentée des nouvelles additions et des variantes de texte. *Paris, Lefèvre.* 1823, 2 tomes en 1 vol. in-8, port., mar. rouge, fil., compart. mosaïque de mar. bleu et vert, coins et milieux dorés, dent. intér., doublé de tabis, tr. dor. (*Simier.*)

> Belle et fraîche reliure de l'époque.

25. Brantôme. Œuvres. Nouvelle édition, considérablement augmentée et accompagnée de remarques historiques et critiques (par Le Duchat, Lancelot et Prosp. Marchand). *La Haye, aux dépens du libraire,* 1740, 15 vol. pet. in-12. frontispices et portrait, v. marbr., fil., tr. dor.

26. Brianville (de). Histoire sacrée en tableaux pour Monseigneur le Dauphin. Avec leur explication suivant le texte de l'Écriture, et quelques remarques chronologiques. *Paris, Ch. de Sercy,* 1693, 3 vol. in-12, fig. de Séb. Le Clerc, mar. rouge, fil., dos ornés, tr. dor. (*Rel. anc.*)

27. Catel (Guillaume). Histoire des comtes de Tolose, avec quelques traitez et chroniques anciennes concernant la mesme histoire. *Tolose, Pierre Bosc,* 1623, in-fol. — Les

Comtes de Tolose, avec leurs pourtraits tirez d'un vieux
livre manuscrit gascon. *Tolose, Pierre Bosc,* 1623, in-fol.
Ensemble 2 tomes en 1 vol. in-fol., portraits, bas.

28. CATULLI, Tibulli et Propertii Opera. *Birminghamiæ, typis
Johannis Baskerville,* 1772, gr. in-4, mar. rouge, fil., dos
orné, tr. dor. (*Rel. anc.*)

29. CAZOTTE, Ollivier, poème. *Paris, de l'imprimerie de Didot
l'aîné,* 1780, 2 tomes en 1 vol. in-18, mar. rouge, fil., tr.
dor. (*Rel. anc.*)

Exemplaire en papier fin. — De la collection de Mgr le comte d'Artois.

30. CÉRÉMONIAL du Sacre des Rois de France, précédé d'une
Dissertation sur l'ancienneté de cet acte de Religion, les
motifs de son institution, du grand appareil avec lequel il
est célébré, et suivi d'une Table chronologique du Sacre
des rois de la seconde et troisième race (par Pons-Aug.
Alletz). *Paris, G. Desprez,* 1775, in-8, mar. rouge, fil., dos
orné, gardes de pap. doré, tr. dor. (*Rel. anc.*)

31. CERVANTES (Miguel de). El Ingenioso Hidalgo Don Quixote
de la Mancha. Nueva edicion corregida por la Real Aca-
demia Española. *Madrid, D. Joaquin Ibarra,* 1780, 4 vol.
in-4, fig., bas. marb.

2 frontispices, 1 portrait, 14 lettres ornées, 22 en-tête ou vignettes,
20 culs-de-lampe et 31 figures dess. par *Barranco, Brunette, del Cas-
tillo, Ferro et Gil.,* gr. par *Ballester, Barcelon, Fabregat, Muntaner,
Salvador y Carmona et Selma.*

32. CERVANTES (Michel de). Histoire de l'admirable Don Qui-
chotte de la Manche, traduite de l'espagnol (par Filleau de
Saint-Martin). *Amsterdam et Leipzig, Arkstée et Merkus,*
1768, 6 vol. in-12. — Nouvelles de Michel de Cervantes. Nouvelle édition, augmentée de trois nouvelles qui n'avaient
point été traduites en françois et de la Vie de l'auteur.
Enrichie de figures en taille-douce, dess. et gr. par Folke-
ma. *Amsterdam et Leipzig, Arkstée et Merkus,* 1768, 2 vol.
Ensemble 8 vol. in-12, demi-rel. bas., tr. jasp.

Portrait de Cervantes et 45 figures dess. par *Coypel,* gr. par *Fol-
kema* et *Fokke.* Manque la planche 5 des nouvelles.

33. CERVANTES (Michel de). Nouvelles. Traduction nouvelle, augmentée de plusieurs histoires, retouchée dans cette édition et enrichie de figures. *A Rouen, et se vend à Paris chez Pierre Witte*, 1723, 2 vol. pet. in-12, mar. rouge, fil., tr. dor. (*Rel. anc.*)

34. CERVANTES (Michel de). Nouvelles espagnoles. Traduction nouvelle (par Lefebvre de Villebrune), avec des notes, ornée de figures en taille-douce. *Paris, veuve Duchesne*, 1778, 2 vol. gr. in-8, v. fauve, fil., tr. dor.

> 12 figures dess. par *Desrais* et *Folkéma*, gr. par *Berthet, Bradel, Delaunay, Lebeau, Le Roy* et *Maillet*.

35. CHANSONS choisies, avec les airs notés. *Genève (Paris, Cazin)*, 1782, 4 vol. in-18, mar. rouge, fil., dos ornés, tr. dor. (*Rel. anc.*)

> Frontispice gravé et 115 planches de musique.

36. CHARRON (Pierre). De la Sagesse, trois livres. *A Leide, chez Jean Elsevier, s. d.*, pet. in-12, front. gravé, mar. rouge, fil., tr. dor.

> Hauteur : 131 millimètres.

37. CHARRON (Pierre). De la Sagesse, trois livres. Nouvelle édition, conforme à celle de Bourdeaus, 1601. *Paris, Barrrois l'aîné (de l'imprimerie de Didot l'aîné)*, 1789, pet. in-12, pap. vélin, portrait gr. par Delvaux, mar. vert quadrillé, dos orné, doublé de mar. vert clair, dent., tr. dor. (*Bozérian.*)

38. CHAUMEAU (Jean). Histoire de Berry, contenant l'origine, antiquité, gestes, prouesses, privilèges et libertés des Berruyers. Avec particulière description dudit païs. *A Lyon, par Antoine Gryphius*, 1566, in-fol., figures sur bois et carte, v. fauve, fil., tr. dor.

> Forte mouillure dans la marge inférieure.

39. CHERTABLON (de). La Manière de se bien préparer à la mort par des considérations sur la cène, la passion et la

mort de Jésus-Christ. *Amsterdam, Georg Gallet*, 1702, in-4, mar. rouge, fil., dos orné, tr. dor.

Frontispice et 41 figures par Romain de Hooge. TEXTE EN HOLLANDAIS.

40. CHEVIGNÉ (comte de). Les Contes rémois. Dessins de E. Meissonier. Troisième édition. *Paris, Michel Lévy*, 1858, in-12, mar. rouge, dent. tr. dor.

Première édition avec les dessins de *Meissonier*.

41. CHRYSOSTOME (sainct Jean). XXVI Homélies, traduictes en françois par François Ioulet. *A Paris, en la boutique de l'Angelier, chez Claude Cramoisy*, 1621, in-12, mar. brun, dent., milieux et coins, dorure à petits fers, dos orné, tr. dor. (*Rel. anc.*)

42. CINCQ dialogues faits à l'imitation des anciens par Oratius Tubero (La Mothe Le Vayer). *Francfort (Trévoux), par Jean Savius*, 1716, 2 vol. pet. in-12, v. brun.

Aux armes de BONNIER DE LA MOSSON.

43. CONJURATION (La) DU COMTE JEAN-LOUIS DE FIESQUE (par Paul de Gondy, cardinal de Retz). *Paris, Claude Barbin*, 1665, pet. in-12, mar. rouge, fil. à la Du Seuil, dos fleurdelisé, doublé de mar. rouge, dent., tr. dor. (*Rel. anc.*)

Très bel exemplaire de l'édition originale.

44. CORNEILLE (Pierre). Œuvres. *Paris, Nyon*, 1758, 10 tomes en 6 vol. pet. in-12. — Œuvres de T. Corneille. — *Paris, Nyon*, 1758, 10 tomes en 5 vol. pet. in-12. — Ensemble 11 vol. pet. in-12, mar. rouge, fil., dos ornés, tr. dor. (*Rel. anc.*)

45. COUSTUME (La) du duché et bailliage de Tourenne. Dernière édition. *A Tours, chez E. des Chans et B. de La Tour*, 1629, in-24, titre gravé, mar. bleu jans., dent. int., tr. dor. (*Capé.*)

46. CRÉBILLON. Œuvres complettes. Nouvelle édition, augmentée et ornée de belles gravures. *A Paris, chez les libraires associés*, 1785, 3 vol. in-8, mar. rouge, fil., dos ornés, dent. int., tr. dor. (*Rel. anc.*)

> Très bel exemplaire contenant Portrait gr. par *Ingouf jeune* d'après de *La Tour* et 9 figures dess. par *Marillier*, gr. par *Dambrun*, *Duponchel, Ingouf jeune, Macret* et *Trière*.

47. Davidis Psalmi, argumentis, orationibus et annotationibus, maiore multò quam antea et perspicuitate et brevitate illustrati. Studio et diligentia M. P. Veil. *Parisiis, apud Joannem de Heuqueville*, 1578, in-18, réglé, mar. brun, fil. feuillages sur le dos et sur les plats, tr. dor. (*Rel. anc.*)

> Raccommodage au dernier feuillet.

48. Délices (Les) de l'Italie, contenant une description exacte du païs, des principales villes, de toutes les antiquitez et de toutes les raretez qui s'y trouvent (par de Rogissard et l'abbé Havard). *Amsterdam, P. Morlier*, 1743, 4 vol. in-12, frontispices et nombreuses figures, v. marbré.

49. Dorat. Les Tourterelles de Zelmis, poème en trois chants. *S. l. n. d. (Paris, 1776).* — Epître à Catherine II, impératrice de toutes les Russies. *Paris, Séb. Jorry*, 1765. — Le Pot-Pourri, épître à qui on voudra, suivie d'une autre épître par l'auteur de Zélis au Bain (le marquis de Pezai). *Paris, Séb. Jorry*, 1764. — Les Dévirgineurs et Combabus, contes en vers précédés par des réflexions sur le conte et suivis de Floricourt, histoire françoise. *Amsterdam*, 1765. — Ensemble 4 parties en 1 vol. in-8, v. fauve, fil., tr. dor.

> 4 figures, 3 vignettes, 3 culs-de-lampe dess. par *Eisen*, gr. par *Aliamet, Lemire* et *de Longueil.*

50. Dorat. La Déclamation théâtrale, poème didactique en trois chants, précédé d'un discours. *Paris, Séb. Jorry*, 1766. — Régulus, tragédie en trois actes. — Théagène, tragédie en cinq actes. — Amilka ou Pierre le Grand, tragédie

en cinq actes. — Fragmens d'une tragédie d'Alceste. *Paris, Séb. Jorry.* 1766-1767. — Ensemble 5 parties en 1 vol. in-8, pap. de Hollande, v. fauve, fil., tr. dor.

6 figures, une vignette, un cul-de-lampe, dess. par *Eisen*, gr. par *de Longueil, de Ghendt,* etc.

51. DORAT. Mes fantaisies. *Amsterdam, et se trouve à Paris, chez Sébastien Jorry,* 1768, in-8, fig. — L'Isle merveilleuse, poème en trois chants, traduit du grec, suivi d'Alphonse ou de l'Alcide espagnol, conte très moral. *Genève (Paris).* 1768, in-8, fig., 2 tomes en 1 vol. in-8, v. marbré, fil.

Frontispice, vignette, fleuron, cul-de-lampe et figure dess. par *Eisen,* gr. par *de Ghendt et Legrand.*

52. DORAT. Irza et Marsis, ou l'Isle merveilleuse, poème en deux chants, suivi d'Alphonse, conte. Seconde édition. *A la Haye et se trouve à Paris, chez Delalain,* 1769, in-8, fig. — Les Cerises et la Méprise, contes en vers pour servir de suite à ceux d'Alphonse et de l'Isle merveilleuse. Seconde édition. *La Haye (Paris),* 1769, in-8, fig. — Sélim et Sélima, poème imité de l'allemand, suivi du Rêve d'un musulman. *A Leipsik, et se trouve à Paris, chez Delalain,* 1769, in-8, fig. — Ensemble 3 parties en 1 vol. in-8, demi-rel. mar. ch. brun.

5 figures, 2 vignettes et 2 culs-de-lampe dess. par *Eisen,* gr. par *de Ghendt, de Longueil et Massard.*

53. DORAT. Fables nouvelles. *La Haye et se trouve à Paris, chez Delalain,* 1773. 2 tomes en 1 vol. in-8, demi-rel. mar. ch. rouge, tr. dor.

Frontispice, 99 vignettes et 99 culs-de-lampe, dess. par *Marillier.* gr. par *Arrivet, Baquoy, Delaunay, Duflos, de Ghendt, de Longueil. Le Roy, Masquelier, Ponce et Simonnet.*
Manque le frontispice : la Vérité.

54. DORAT. Les Prôneurs ou le Tartuffe littéraire, comédie en trois actes en vers. — Le Célibataire, comédie en cinq actes en vers. — Le Malheureux Imaginaire, comédie en cinq actes en vers. —Régulus et la feinte par amour, comé-

die en trois actes. *Paris, Delalain*, 1773-1777. — Ensemble
4 pièces en 1 vol. in-8, v. marb.

3 titres et 3 figures dess. par *Marillier*, gr. par *Le Beau, Halbou,
De Launay*, etc.

55. Dorat. Mes nouveaux torts, ou Nouveau Mélange de
poésies pour servir de suite aux Fantaisies. *Amsterdam,
et se trouve à Paris, chez Monory*, 1775, in-8, fig., v.
marbr., fil.

Frontispice et 1 figure dess. par *Marillier*, gr. par *Gaucher et de
Ghendt*.

56. Du Bois (J.-P.-J.). Vies des gouverneurs généraux, avec
l'Abrégé de l'histoire des établissemens hollandois aux
Indes Orientales, enrichi de plusieurs cartes, plans et
figures nécessaires. *La Haye, Pierre de Hondt*, 1763, in-4.
v. marbr.

57. Duclos. Les Confessions du comte de ***. *Paris, de
l'imprimerie de Didot l'aîné*, 1781, 2 vol. in-18. — Ismène
et Ismenias, roman grec (par Godard de Beauchamps).
Paris, de l'imprimerie de Didot l'aîné, 1780, in-18. — Ensemble 3 parties en 1 vol. in-18, mar. rouge, fil., dos
orné, tr. dor. (*Rel. anc.*)

Exemplaires en papier fin. — De la collection de Mgr le comte
d'Artois.

58. Du Rosoi. Les Sens, poème en six chants. *Londres (Paris)*.
1766, gr. in-8, fig., v. brun.

7 figures, 6 vignettes et 2 culs-de-lampe dess. par *Eisen* et *Wille*,
gr. par *de Longueil*.

59. Du Tilliot. Mémoire pour servir à l'histoire de la fête
des foux, qui se faisoit autrefois dans plusieurs églises.
Lausanne et Genève, Marc-Michel Bousquet, 1741, in-4.
fig. v. brun.

60. Éloges historiques des évesques et archevesques de
Paris qui ont gouverné cette Église depuis environ un
siècle, jusqu'au décès de M. François de Harlay-Chanva-

lon (par Est. Algay, s^r de Martignac). *Paris, Fr. Muguet,*
1698, in-4, v. brun.

> 6 portraits. dess. par *Cl. Duflos et Pezey*, gr. par *Duflos* et *Le Febvre.*

61. Erasme. L'Éloge de la Folie, traduit du latin par
M. Gueudeville. Nouvelle édition revue et corrigée sur
le texte de l'édition de Basle, ornée de nouvelles figures,
avec des notes (par Meunier de Querlon). *S. l. (Paris),*
1751, in-4, v. marbré, tr. dor.

> Frontispice, 13 estampes, 1 vignette et un cul-de-lampe dess. par
> *Eisen,* gr. par *Aliamet, De La Fosse, Flipart, Legrand, Lemire,
> Martinasie, Pinssio* et *Tardieu.*

62. Erasmus. Das Lob der Narrheit aus dem Lateinischen.
Mit Kupfern (6) von Chlodowiecky. *Berlin und Leipzig,
Geory Jacob Decker,* 1781, pet. in-8, demi-rel. bas.

63. Estelle, pastorale. *Paris, Marcilly, s. d.,* in-32, texte
gravé, fig., mar. rouge, fil., tr. dor. (*Rel. anc.*)

> Titre et 12 figures.

64. État militaire de la France, pour l'année 1783. Vingt-cin-
quième édition, par M. de Roussel. *Paris, Onfroy,* 1783,
pet. in-12, mar. rouge, large dent., tr. dor. (*Rel. anc.*)

65. État du régiment des Gardes françoises du Roy à la
revue de Sa Majesté, le 6 mai 1777. *Paris, de l'imprimerie
de G. Lameole, s. d.,* in-18, mar. rouge, fil., dos fleurdelisé, tr. dor.

> Aux armes de M. de Gontaut-Biron.

66. État des cours de l'Europe et des provinces de France
pour l'année 1784, publié par Poncelin de La Roche-
Tilhac. *Paris, l'auteur, Lamy et Mérigot le jeune,* 1784,
in-8, mar. rouge, fil., dos orné tr. dor.

> Aux armes de Charles-Alexandre de Calonne, contrôleur général
> des finances.

67. Étrennes de la Cour-Neuve pour l'année 1774; dédiées
à M. de la Garde. *A la Cour-Neuve,* 1774, in-8, mar.
rouge, jans., tr. dor. (*Rel. anc.*)

68. EXAMEN de la religion, dont on cherche l'éclaircissement de bonne foy. Attribué à M. de Saint-Évremond. *A Trévoux, aux dépens des Pères de la Société de Jésus*, 1745, 2 parties en 1 vol. pet. in-12, mar. rouge, fil., tr. dor. (*Rel. anc.*)

69. FABRI (Joannis) luculenta commentaria super codice. *Lugduni, apud Mathiam Bonhome, anno Domini millesimo* CCCCCXXXVIJ, *die* XXI *mensis aprilis*, 2 parties en 1 vol. in-8, caract. goth., v. brun, fil., fers à froid, tr. jasp.

70. FÉNELON. Les Aventures de Télémaque, fils d'Ulysse, *Paris, de l'imprimerie de Didot l'aîné*, 1781, 4 tomes en 2 vol. in-18, mar. vert jans., tr. dor. (*Rel. anc.*)

Exemplaire en papier fin. — De la collection de Mᵍʳ le comte d'Artois.

71. FÉNELON (de). Les Aventures de Télémaque, fils d'Ulysse, *Paris, de l'imprimerie de Didot l'aîné*, 1783, 4 vol. in-18, pap. vélin, mar. rouge, fil., tr. dor. (*Derome.*)

De la collection de Mᵍʳ le Dauphin.

72. FEUILLET (Octave). LE ROMAN D'UN JEUNE HOMME PAUVRE, dessins de Mouchot gravés par Méaulle. *Paris, Quantin, s. d.*, gr. in-8, mar. violet, fil., dos orné, dent. intér., tr. dor. (*Pagnant.*)

L'un des 100 exemplaires tirés sur papier du Japon contenant : portrait de Marguerite, DESSIN ORIGINAL colorié de L. *Mouchot*, et le même, épreuve coloriée en double état; portrait de Feuillet, gr. par *Wallet*, épreuve en double état, avant et avec la lettre; 14 DESSINS ORIGINAUX au lavis par L. *Mouchot* et 9 DESSINS ORIGINAUX au lavis et au crayon par *Marol, Wogel, Hovin, F. Bac, Guyot*, etc.: ensemble 24 DESSINS ORIGINAUX et figures.

73. FIELDING. Histoire de Tom Jones, ou l'Enfant trouvé. Traduction de l'anglois par M. D. L. P. (de La Place). *Londres, Jean Nourse*, 1750, 4 vol. in-12, v. brun.

Frontispice et 13 figures gr. d'après *Gravelot* par *Aveline, Chedel, Fessard* et *Pasquier*.

74. Figures de l'histoire de France dessinées par Moreau le jeune et gravées par Le Bas. *S. l. (Paris)*, 1785-1790, gr. in-4, demi-rel. mar. violet, non rogné.

> Bel exemplaire contenant : frontispice, trois cartes et 174 figures, dess. par *Moreau*, gr. par *Couché, Dambrun, Delignon, Delvaux, Duclos, Duflos, Hémery, Fosseyeux, Gaucher, Halbou, Leveau, Malapeau, Masquelier, Patas. Romanet, Simonet,* etc.

75. Flaubert (Gustave). Madame Bovary. Mœurs de province. Douze compositions par Albert Fourié, gravées à l'eau-forte par E. Abot et D. Mordant. *Paris, Quantin*, 1885, gr. in-8, demi-rel. mar. vert, dos et coins, non rogné.

> Exemplaire auquel on a ajouté la suite des figures dess. par *Boilvin.*

76. Fléchier, évèque de Nismes. Histoire de Théodose le Grand, pour monseigneur le Dauphin. *Paris, G. Dupuis*, 1699, in-12, mar. rouge jans., tr. dor. (*Rel. anc.*)

77. Fromageot. Annales du règne de Marie-Thérèse, impératrice douairière, reine de Hongrie et de Bohême, archiduchesse d'Autriche, etc. *Paris, Prault*, 1775, in-8, fig., v. marbr.

> Portrait de Marie-Thérèse, gr. par *Cathelin*, d'après *Ducreux*, 2 portraits en médaillon et 4 figures dess. par *Moreau*, gr. par *Gaucher, Duclos, De Launay, Prévost* et *Simonet*.

78. Galerie des femmes de George Sand, par le bibliophile Jacob. 24 gravures en taille-douce sur acier, par H Robinson. *Paris, Aubert*, 1843, gr. in-8, broché.

79. GAUTIER (Léon). La Chevalerie. *Paris, V. Palmé*, 1884, gr. in-8, mar. vert, fil., milieux, compart. et arabesques, dorure à petits fers, dent. intér., tr. dor. (*Pagnant.*)

> Exemplaire unique tiré sur papier de Chine contenant un dessin inédit pour le frontispice, signé *F. Chifflart*, 16 vignettes et 20 figures épreuves en double état.

80. Gesner. Œuvres complètes. *S. l. n. d. (Paris, Cazin)*, 1778-1782, 3 vol. in-18, fig., mar. rouge, fil., dos ornés, tr. dor. (*Rel. anc.*)

> 3 titres, 1 portrait et 14 figures dess. par *Marillier*, gr. par *de Ghendt, Delignon, Duflos jeune, De Launay* et *Delaunay jeune*.

81. GESSNER (Salomon). Œuvres. *Paris, chez l'auteur des estampes, veuve Hérissant et Barrois l'aîné* (1786-1793),
3 vol. in-4, v. marbré, dent., tr. dor. (*Bozérian.*)

> Bel exemplaire contenant : 3 titres gravés, 3 frontispices, 72 figures,
> 4 vignettes et 67 culs-de-lampe dess. par *Le Barbier*, gr. par *Allix,
> Baquoy, Dambrun, Delignon, Gaucher, Giraud le jeune, Godefroy,
> Halbou, Langlois jeune, Le Beau, Lépine, Le Vilain, de Longueil,
> Pauquet, Petit, Ponce, Texier, Thomas, Trière et Viguet.*

82. GŒTHE. FAUST. Première partie ; préface et traduction
de H. Blaze de Bury. Eaux-fortes de Lalauze, gravures de
Meaulle d'après Wogel et Scott. *Paris, Quantin*, 1880, in-4,
mar. brun, fil., dos orné, dent. intér., tr. dor. (*Pagnant.*)

> Très bel exemplaire ; l'un des 10 tirés sur papier du Japon conte-
> nant : HUIT DESSINS ORIGINAUX DE WOGEL ; portrait de Gœthe et figures
> en triple état avant, avec la lettre et à la sanguine ; le tirage à part
> des vignettes ; portrait de Marguerite et de la Nuit.

83. GŒTSMANN. Traité du droit commun des Fiefs, contenant
les principes du droit féodal, avec la jurisprudence qui a
lieu dans les pays qui sont régis par le droit commun des
fiefs, et notamment en Alsace. *Paris, Des ventes de Ladoue*,
1768, 2 vol. in-12, mar. rouge, fil., gardes de papier doré,
tr. dor.

> Aux armes du CHANCELIER MAUPEOU.

84. GONDAR (Jacques). Chroniques françoises, publiées par
F. Michel, suivies de Recherches sur le style par Ch. No-
dier. *Paris, Louis Janet, s. d.*, in-12, caract. goth., titre-
dédicace, prologue et 4 figures coloriées, velours rouge
gaufré, tr. dor.

85. GRAFFIGNY (M⁰ᵉ de). Lettres d'une Péruvienne, traduites
du français en italien par M. Deodati. *Paris, chez l'éditeur*, 1797, gr. in-8, v. marb., fil., tr. dor.

> Portrait de l'auteur gr. par *Gaucher* et 6 figures dess. par *Le
> Barbier.*

86. GUARINI (Battista). Il Pastor fido, tragicomedia pastorale dedicata al Ser⁰ D. Carlo Emanuele, duca di Savoia.

In Venetia, presso G. Battista Bonfadino, 1590, in-4, vél. blanc, tr. dor.

87. Guarini. Il Pastor fido, tragicommedia pastorale. Edizione nuova riveduta, e corretta per l'abbate Antonini. *In Parigi*, 1729, gr. in-8, mar. vert, fil., dos orné, tr. dor. (*Rel. anc.*)

88. Gyllii (P.) de Bosporo Thracio libri III. *Lugduni Batavorum, apud Elzevirios*, 1632, in-24, titre gr., mar. rouge, fil., dos orné, dent. int., tr. dor. (*Rel. anc.*)

Sur le dos et sur les plats le monogramme AA entrelacé.

89. Hamilton (C⟨te⟩ A.). Mémoires du comte de Grammont. *Paris, de l'imprimerie de Didot l'aîné*, 1781, 3 vol. in-18, mar. vert jans., tr. dor. (*Rel. anc.*)

Exemplaire en papier fin. — De la collection de M⟨gr⟩ le comte d'Artois.

90. Héliodore. Amours de Théagènes et Chariclée, histoire éthiopique. *A Londres (Paris, Coustelier)*, 1743, 2 vol. in-12, v. fauve.

Fleuron, 10 vignettes et 10 figures.

91. Hénault (le président). Nouvel Abrégé chronologique de l'histoire de France, contenant les événements de notre histoire depuis Clovis jusqu'à la mort de Louis XIV, les batailles, les sièges, etc., nos loix, nos mœurs, nos usages, etc. Nouvelle édition, augmentée et ornée de vignettes et fleurons en taille-douce. *Paris, de l'imprimerie de Prault*, 1768, un tome en 2 vol. in-4, v. marb.

Frontispice-fleuron; portrait de la reine Marie-Leczinska gr. par Gaucher, 3 vignettes par Cochin, 30 culs-de-lampe par Moreau.

92. Histoire de Tristan de Léonois, par M. le comte de Tressan. *Paris, de l'imprimerie de Didot l'aîné*, 1781, in-18. — Les Amours pastorales de Daphnis et de Chloé, traduites du grec de Longus par Amyot. *Paris, de l'imprimerie de Didot l'aîné*, 1780, in-18. Ensemble 2 parties en 1 vol. in-18, mar. rouge, fil., dos orné, tr. dor. (*Rel. anc.*)

Exemplaire en papier fin. — De la collection de M⟨gr⟩ le comte d'Artois.

93. Histoire de l'Académie royale des Inscriptions et Belles-Lettres depuis son établissement, avec les Eloges des académiciens morts depuis son renouvellement (par Cl. Gros de Boze). *Paris, Guérin,* 1740, 3 vol. in-8, front. dess. par Ant. Coypel, mar. rouge, fil., dos ornés, tr. dor.

Aux armes de JÉRÔME BIGNON.

94. Histoire de la République de Gênes, depuis son établissement jusqu'à présent. Avec le catalogue des écrivains et historiens de Gênes, et de la Ligurie,... ainsi que la liste chronologique des Doges (par le chevalier de Mailly). *Amsterdam,* 1742, 3 vol. in-12, v. fauve, dos ornés.

Aux armes de LOUIS COLBERT, MARQUIS DE LINIÈRES.

95. Homère. L'Odyssée, traduite en françois, avec des remarques par madame Dacier. *Paris, Rigaud.* 1716, 3 vol. in-12, front. gr., mar. rouge, fil., dos ornés, tr. dor. (*Rel. anc.*)

96. HORAE. (A la fin) : Les presentes heures furent acheuées à Paris le xviie jour de may l'an mille quatre cent quatre vingt et quinze. (Almanach de 1494 à 1521.) In-8 de 124 ff., v. brun, fers à froid, tr. dor. (*Rel. du xvie siècle.*)

Exemplaire imprimé sur vélin marque de Jehan du Pré. Ce volume contient 18 grandes figures coloriées et 23 plus petites. Chaque page est ornée d'une bordure représentant une grande quantité de sujets ou des ornements variés.

Ces Heures sont d'un grand intérêt pour l'histoire de la gravure en France, parce qu'elles constatent l'usage qu'on a fait à Paris, dès l'année 1488, de planches gravées en relief sur cuivre pour imprimer les petites figures qui entourent les pages.

97. Horatius Flaccus (Quintus). *Birminghamiæ, typis Johannis Baskerville,* 1770, gr. in-4, fig., mar. rouge, fil., dos orné, tr. dor. (*Rel. anc.*)

Frontispice gr. par *Henriquez,* fleuron sur le titre et 4 fig. dess. par *Gravelot,* gr. par *Godfroy, C. Le Vasseur, J. Leveau et Voyez l'aine.*

98. Hozier (d'). Généalogie de la famille de Chastellard, anciennement d'Hauterive. *Paris.* 1756. in-fol. v. marbr.

Signature autographe de d'Hozier de Serigny à la fin du volume.

A.   2

99. HUGO (Victor). LES TRAVAILLEURS DE LA MER, nouvelle
édition illustrée, dessins de Victor Hugo. *Paris, Eugène
Hugues*, 1866, gr. in-8, mar. rouge, fil., dos orné, dent.
intér., tr. dor. (*Pagnant.*)

> L'un des 60 exemplaires tirés sur PAPIER DE CHINE contenant le
> DESSIN ORIGINAL à la plume et au crayon blanc de Mess. Lethierry,
> par *Chifflart*, 33 planches inédites, et le tirage à part de 78 vignettes
> et figures.
> Avec la couverture.

100. HUGO (Victor). LE ROI S'AMUSE, drame en cinq actes
en vers. *Paris, Société de Publications périodiques*, 1883,
in-4, fig., mar. rouge jans., doublé de mar. bleu, fil.,
milieux et coins à compart. arabesques et feuillages,
dorure à petits fers, non rogné. (*Pagnant.*)

> Exemplaire unique, imprimé sur vélin contenant : dédicace auto-
> graphe de V. Hugo, SEPT DESSINS ORIGINAUX au crayon blanc et noir
> par *Émile Bayard*, HUIT DESSINS ORIGINAUX au lavis par *Adrien Marie*,
> CINQ DESSINS ORIGINAUX à la plume par *Vogel*, DEUX DESSINS ORIGINAUX
> au lavis par *H. Meyer*, UN DESSIN ORIGINAL, Triboulet, par *J.-P. Laurens*
> avec épreuve tirée en rouge, DIX ESQUISSES ORIGINALES au lavis par
> *Chéret* et *Lavastre*, le tirage à part des cinq vignettes et cinq planches
> coloriées, costumes des personnages de la pièce.

101. HUGO (Victor). L'ART D'ÊTRE GRAND-PÈRE. *Paris, Société
anonyme de Publications périodiques*, 1884, in-4, mar.
brun, fil., dent., fers à froid, dos orné, dent. intér., tête
dor., non rogné. (*Pagnant.*)

> L'un des 25 exemplaires tirés sur papier du Japon, contenant :
> dédicace autographe de V. Hugo ; frontispice ; fleurs et insecte ;
> aquarelle sur vélin par *Giacomelli* ; portrait de V. Hugo, dessin ori-
> ginal de *Vuillier* ; quatre dessins originaux de *Zier*, portraits de
> Georges, de Jeanne, Madame Hugo et les enfants ; la Sieste, dessin
> original non signé ; dessin original au lavis, encadrement de la
> page 51 ; deux dessins originaux à la plume de *Riquet* ; un dessin
> original à la plume de *Frémiet* ; quatre dessins originaux pour les
> culs-de-lampe des pages 13-20-22-38 ; trois dessins originaux pour
> les vignettes des pages 21-246 et 251 : le portrait de V. Hugo d'après
> *Vuillier*, épreuve en double état ; le tirage à part de 4 figures et
> 2 vignettes.

102 IMBERT. Le Jugement de Pâris, poëme en IV chants. —
Œuvres mêlées, etc. *Amsterdam (Paris)*, 1772, in-8, fig.

— Le Jaloux sans amour, comédie en cinq actes et en vers libres. *Paris, Prault*, 1785, in-8. — Ensemble 2 tomes en 1 vol. in-8, v. marb.

> Titre, 4 figures et 4 vignettes, dess. par *Moreau* et *Choffard*, gr. par *Née, Duclos, Masquelier* et *Delaunay*.

103. IMBERT. Historiettes ou Nouvelles en vers. Seconde édition, revue, corrigée et augmentée par l'auteur. *Amsterdam, et se trouve à Paris chez Delalain*, 1774, in-8, fig., demi-rel. v. brun.

> Titre, 1 figure et 4 vignettes dess. par *Moreau*, gr. par *Née* e. *Masquelier*.

104. IMITATION de Jésus-Christ, traduite par M. Bauzée. Edition imprimée pour la cour et ornée de belles figures. *Paris, Saintin (de l'imprimerie de Didot jeune)*, 1816, in-8, fig., mar. rouge, dent., dos orné, tr. dor.

105. I SALMI DI DAVID. Tradotti dalla lingua hebrea nella italiana, divisi in cinque parti. Di nuovo ricorretti e emendati. *Paris, Pierre l'Huilier*, 1573, in-32, mar. noir, compart. fers à froid, tr. dor.

> Précieux exemplaire imprimé sur peau de vélin ayant appartenu à la reine CATHERINE DE MÉDICIS. — Sur le dos, le monogramme H. C. entrelacé, surmonté de la couronne royale. Sur les plats, le même monogramme, la cordelière de veuve, les armoiries peintes, et au milieu un semis de larmes doré et colorié, entouré de la devise : *Ardorem extincta testantur vivere flamma.*

106. JAUFFRET. Les Charmes de l'enfance et les Plaisirs de l'amour maternel, ornés de plusieurs gravures en taille-douce. Troisième édition. *Paris, Perlet*, 1793, in-18, v. marbr., fil., tr. dor.

> Portrait gr. par *Gaucher*, d'après *Notte*, frontispice et 3 figures dess. par *Queverdo*, gr. par *Delignon* et *Gaucher*.

107. JUENIN (Pierre). Nouvelle histoire de l'abbaïe royale et collegiale de Saint-Filibert et de la ville de Tournus, enrichie de figures. *Dijon, Ant. de Fay*, 1733, in-4, v. marb.

108. JUVENALIS (D. Junii) et Auli Persii Flacci Satyrae. *Birminghamiae, typis Johannis Baskerville*, 1761, gr. in-4, mar. rouge, fil., dos orné, tr. dor. (*Rel. anc.*)

109. KAEMPFER (Engelbert). Histoire naturelle, civile, et ecclésiastique de l'empire du Japon, traduite en françois par Jean-Gaspar Scheuchzer. Ouvrage enrichi de quantité de figures dessinées d'après le naturel par l'auteur même. *A La Haye, chez P. Gosse et J Neaulme*, 1729, 2 vol. in-fol., v. marbr.

110. KEEPSAKE (The) for 1828 to 1843. *London, Hurst, Chance, Longman Brown*, 1828-1843, 16 vol. pet. in-8 et in-8, cart., tr. dor.

   Nombreuses gravures d'après les dessins de *Corbould, Chalon, Turner, Stanfield*, etc.

111. LABYRINTE (*sic*) de Versailles (avec l'explication en prose par Ch. Perrault, et 39 fables en vers par Benserade). *Paris, Imprimerie royale*, 1679, gr. in-8, fig. de Sébastien Le Clerc, v. brun, tr. marb.

   Aux armes de France.

112. L'AMI des hommes, ou traité de la Population (par Victor Riquetti, marquis de Mirabeau et Fr. Quesnay). *S. l.*, 1758, 6 parties en 2 vol. in-4, front. gravé, mar. rouge, fil., dos ornés, tr. dor. (*Rel. anc.*)

113. L'APOCALYPSE de Meliton, ou Révélation des mystères cénobitiques, par Meliton (Claude Pithois). *A Sainct-Léger (Hollande, Elzevier), chez Noël et Jaques Chartier*, 1665, pet. in-12, front. gr., mar. rouge, fil. à la Du Seuil, dos orné, tr. dor. (*Rel. anc.*)

114. LA FAYETTE (Mme de). La Princesse de Clèves. *Paris, de l'imprimerie de Didot l'aîné*, 1780, 2 tomes en 1 vol. in-18, mar. vert jans., tr. dor. (*Rel. anc.*)

   Exemplaire en papier fin. — De la collection de Mgr le comte d'Artois.

115. La Fontaine. Fables nouvelles, et autres poésies. *Paris, Claude Barbin*, 1671, in-12, fig. de Chauveau, mar. rouge, fil., dos orné, dent. int., tr. dor. (*Chambolle-Duru.*)

Ce volume contient huit fables nouvelles et autres poésies.

116. La Fontaine. Fables choisies mises en vers et par luy revues, corrigées et augmentées (IV parties). *Paris, D. Thierry et Cl. Barbin*, 1678-1679. — Fables choisies par M. de La Fontaine (cinquième partie). *Paris, Cl. Barbin*, 1694. Ensemble 5 vol. in-12, figures de Chauveau, v. brun, tr. jasp.

117. LA FONTAINE (J. de). Fables choisies, mises en vers (publ. avec la vie de l'auteur par M. de Monthenault). *Paris, Desaint et Saillant*, 1755, 4 vol. in-fol., mar. rouge, dent., coins dorés, dos ornés, tr. dor. (*Rel. anc.*)

Superbe exemplaire en grand papier de Hollande contenant frontispice et 275 figures dess. par Oudry.
Belles épreuves de premier tirage.

118. LA FONTAINE. Contes et Nouvelles en vers (édition publiée aux frais des Fermiers Généraux, avec une notice par Diderot). *Amsterdam (Paris, Barbou)*, 1762, 2 vol. in-8, fig., mar. rouge, fil., dos ornés, tr. dor. (*Rel. anc.*)

Portraits de La Fontaine et d'Eisen, gr. par *Ficquet*; 80 figures dess. par *Eisen*, gr. par *Aliamet, Baquoy, Choffard, Delafosse, Flipart, Le Mire, Leveau, de Longueil* et *Ouvrier*; 4 vignettes et 53 culs-de-lampe par *Choffard*.
Le portrait de Choffard est avant les tailles.

119. La Fontaine. Les Amours de Psyché et de Cupidon, avec le poème d'Adonis. *Paris, Saugrain*, 1797, 2 vol. in-12, pap. vélin, v. marb., dent., tr. dor.

Portrait et 7 figures dess. par *Moreau*, gr. par *Delvaux*.

120. La Harpe (M. de). Tangu et Félime, poème en quatre

chants. *Paris, Pissot*, 1780, pet. in-8, mar. rouge, fil., dos orné, dent. int., tr. dor. (*Allô.*)

Armoiries sur les plats.
Titre et 4 figures dess. par *Marillier*, gr. par *Dambrun, de Ghendt, Halbou* et *Ponce*.

121. LA HARPE (M. de). Tangu et Félime, poème en quatre chants. *Paris, Pissot*, 1780, in-8, fig. — Dictionnaire des mœurs (par J.-Fr. de Bastide). *La Haye, et se trouve à Paris, chez Monory*, 1773, in-8. — Parapilla, poème en cinq chants, traduit de l'italien (par Bordes). *A Florence (Paris)*, 1776, in-8. Ensemble 3 parties en 1 vol. in-8, v. marbr.

Titre et 4 figures dess. par *Marillier*, gr. par *Dambrun, de Ghendt, Halbou* et *Ponce*.

122. LA JUSTICE aux pieds du Roy, pour les parlemens de France (attribué à Antoine Arnauld père). *S. l.*, 1608, pet. in-12, mar. rouge, fil., dos orné, tr. dor. (*Rel. anc.*)

123. LA MOTRAYE (A. de). Voyages en Europe, Asie et Afrique, où l'on trouve une grande variété de recherches géographiques, historiques et politiques sur l'Italie, la Grèce, la Turquie, la Tartarie, Crimée, la Circassie, la Suède, la Laponie, etc. *La Haye, T. Johnson et J. Van Duren*, 1727, 2 vol. in-fol., frontispice gr. par Bernard Picart, fig. et cartes, v. marb.

124. LA PORTE (Maurice de), Parisien. Les Epithètes. Livre non seulement utile à ceux qui font profession de la poésie, mais fort propre aussi pour illustrer toute autre composition françoise. *A Paris, chez Gabriel Buon*, 1582, in-16, mar. rouge, fil., milieux dorés, tr. dor. (*Rel. anc.*)

Cachet sur le titre.

125. LA ROCHEFOUCAULD. Maximes et réflexions morales. *Paris, de l'Imprimerie royale*, 1778, in-8, portrait gr. par Choffard, mar. rouge, fil., tr. dor. (*Rel. anc.*)

Le portrait est remonté.

126. LEMAU DE LA JAISSE. Carte générale de la Monarchie
françoise, contenant l'histoire militaire depuis Clovis,
premier roy chrétien, jusqu'à la quinzième année accom-
plie du règne de Louis XV, avec l'explication de plusieurs
matières intéressantes, en vingt tables enrichies de tailles-
douces. *Paris, Giffart*, 1733, in-fol. bas.

127. LEMAU DE LA JAISSE. Sixième abrégé de la carte générale du militaire de France sur terre et sur mer jusqu'en
décembre 1739. Divisé en trois parties. Avec la suite du
Journal historique des fastes de Louis XV. *Paris, Gan-
douin, Prault, etc.*, 1740, pet. in-8, mar. rouge, fil., dos et
coins fleurdelisés, gardes de pap. dor., tr. dor. (*Rel. anc.*)

Aux armes du roi Louis XV. — Un nom coupé sur le titre.

128. LE MIERRE. La Peinture, poème en trois chants. *Paris,
Le Jay, s. d.* (1769), in-4, fig., broché.

Titre gravé, portrait de P. Corneille en médaillon, et 3 fig. dess.
par *Cochin*, gr. par *Prévost, Ponce* et *Saint-Aubin*.

129. LE MOYEN de parvenir (par Beroalde de Verville). *A
Chinon, de l'imprimerie de François Rabelais, rue du Grand
Bracquemart, à la pierre Philosophale, l'année Pantagrué-
line* (Hollande, vers 1700), pet. in-12 de 4 ff. liminaires et
544 pp., v. fauve. fil., dent. int., tr. dor. (*Koehler.*)

Armoiries sur les plats.

130. LÉONARD. Idylles et poëmes champêtres. *A La Haye et
se trouve à Paris chez Desenne*, 1782, in-8, frontispice gr.
par Masquelier, d'après Marillier, bas. marb.

131. LE SAGE. Histoire de Gil Blas de Santillane. *Paris,
Bertin, an VI* (1798), 6 vol. pet. in-12, fig., mar. rouge,
doublés de tabis, dent. int., tr. dor. (*Bozérian.*)

Exemplaire tiré sur papier vélin, contenant la suite du frontispice
et des 6 figures dess. par CHAILLOU et la suite des figures dess. par
Bornet et Charpentier, ÉPREUVES AVANT LA LETTRE.

132. Le Sage. Histoire de Gil Blas de Santillane, vignettes par Jean Gigoux. *Paris, Paulin.* 1835, gr. in-8, v. bleu, compart. de fil. tr. dor.

> Exemplaire de premier tirage.

133. Lescarbot (Marc). Histoire de la Nouvelle France, contenant les navigations, découvertes, et habitations faites par les François, ès Indes Occidentales et Nouvelle France souz l'avœu et authorité de nos rois très-chrétiens et les diverses fortunes d'iceux en l'exécution de ces choses, depuis cent ans jusques à hui... — Les Muses de la Nouvelle France. A monseigneur le chancellier. *Paris, Jean Milot,* 1609, 2 parties en un vol. pet. in-8, cartes, v. brun.

> Exemplaire fortement atteint par l'humidité.

134. LESCURE (M. de). Marie-Antoinette et sa Famille, soixante-dix compositions de MM. Delort, Du Paty, Gerlier, Monginot, Scott, Tofani; gravure de F. Méaulle. *Paris, Ducrocq,* 1879, gr. in-8. demi-rel. mar. vert clair, dos et coins, tète dor., non rogné.

> L'un des 4 exemplaires tirés sur papier de Chine, avec la couverture.

135. Le Tombeau de Marguerite de Valois, royne de Navarre. Faict premièrement en disticques latins par les trois sœurs princesses en Angleterre (Anne, Marguerite et Jeanne de Seymour), depuis traduictz en grec, italiõ et françois par plusieurs des excellentz poètes de la Frãce, avec plusieurs odes, hymnes, cantiques, épitaphes, sur le même subiect (publié par Nic. Denisot, dit comte d'Alsinois). *Paris, Michel Fezandat et Robert Gran Jon,* 1551, pet. in-8, bas. marb.

136. Les Amours de Léandre et de Héro, poëme de Musée le Grammairien, traduit du grec en françois (par La Porte du Theil). *Paris, Nyon le jeune,* 1784, in-12. fig. gr. par de Launay d'après Cochin, broché.

137. Les Amours de Mirtil. *Constantinople (Paris),* 1761,

pet. in-8, fig., mar. rouge, fil., dos orné, dent. int., tr. dor.
(*Allô.*)

Armoiries sur les plats. Titre et 6 figures dess. par Gravelot, gr.
par Legrand.

138. Les Confessions du comte***, écrites par lui-même à
un ami (par Duclos). Sixième édition. *Amsterdam, et
Paris, Nyon l'aîné*, 1783, gr. in-8, fig., demi-rel. mar.
bleu, dos et coins, tête dor., non rogné.

7 figures dess. par *Desrais*, gr. par *Delaunay, Triére, Voysard,
Lingée, Ponce*, etc.

139. Les diverses leçons de Pierre Messie, gentilhomme de
Sevile, cötenans la lecture de variables histoires, et
autres choses memorables, mises en fräçois par Claude
Gruget, Parisien. Augmenté de la quatriesme partie, outre
les précédentes impressions. *Paris, Estienne Groulleau*,
1561, in-16, dérelié.

140. Les Graces. Recueil de différents ouvrages sur les
Gràces (en prose et en vers, par Meunier de Querlon).
Paris, Laurent Prault, 1769, gr. in-8, fig., v. marb., dent.,
tr. dor.

Titre gravé par *Moreau*, frontispice gr. par *Simonet*, d'après *Boucher*, et 5 fig. dess. par *Moreau*, gr. par *de Launay, de Longueil,
Massard* et *Simonet*.

141. Les Ventes Damour. Cy commencent les Ventes Damour comprenant aucunes fleurs et herbes odorantes et
prouffitables aux corps humains. (A la fin :) *Cy finent les
Ventes damour imprimez nouuellement a Paris en la rue
neufue nostre Dame a lenseigne de lescu de France*, pet.
in-8 de 5 ff., caract. goth., demi-rel. mar. bleu, non rogné.

Exemplaire tiré sur peau vélin, avec les bordures et les initiales
peintes par Jouy, de la réimpression faite par Techener.

142. Les Ventes Damour. Cy commencent les Ventes Damour comprenant aucunes fleurs et herbes odorantes
prouffittables aux corps humains. (A la fin :) *Cy finent les*

Ventes Damour imprimez nouuellement à Paris en la rue neufue Nostre Dame a lenseigne de lescu de France, pet. in-8 de 5 ff., caract. goth., cart., non rogné.

Réimpression faite par Techener, et tirée à 50 exemplaires.

143. Lettre sur les Aveugles, à l'usage de ceux qui voyent (par Diderot). *Londres*, 1749, pet. in-8, fig., v. fauve, tr. jasp.

144. Lettres angloises, ou Histoire de miss Clarisse Harlove (par Richardson, traduction de l'abbé Prévost). *Londres, Nourse (Paris)*, 1751-1752, 12 parties en 6 vol. in-12, v. marbr.

21 figures dess. par *Eisen et Pasquier*, gr. par *Beauvais, Delafosse, Legrand, Maisonneuve, Pelletier et Tardieu.*

145. Lettres d'Héloïse et d'Abailard, en latin et en français (de la traduction de D. Gervaise), précédées d'une Vie d'Abailard (par M. de l'Aulnaye). Édition ornée de 8 figures gravées par les meilleurs artistes de Paris, d'après les dessins et sous la direction de Moreau le jeune. *Paris, J.-B. Fournier, de l'imprimerie de Didot le jeune, l'an IV* (1796), 3 vol. gr. in-4, papier vélin, v. fauve, fil., dos ornés, tr. dor. (*Bozérian.*)

Huit figures dess. par *Moreau*, gr. par *Dambrun, Delvaux, Halbou, Langlois jeune, Le Mire, Pauquet, Romanet et Simonet.*

146. Lettres de la comtesse de Sancerre, par Mᵐᵉ Riccoboni. *A Paris, de l'imprimerie de Didot l'aîné*, 1780, 2 vol. in-18. — Le Temple de Gnide, par M. de Montesquieu. *Paris, de l'imprimerie de Didot l'aîné*, 1780, in-18. — Ensemble 3 tomes en 1 vol. in-18, mar. rouge, fil., dos ornés, tr. dor. (*Rel. anc.*)

Exemplaire en papier fin. — De la collection de Mᵍʳ le comte d'Artois.

147. Ligny (Le P. de), de la Compagnie de Jésus. Histoire de la Vie de Jésus-Christ. Édition ornée de gravures, d'après les tableaux des plus grands maîtres, sous la di-

rection de L. Petit. *Paris, de l'imprimerie de Crapelet,* 1804, 2 vol. in-4, mar. rouge, dent., tr. dor. (*Lefebvre.*)

Bel exemplaire tiré sur papier vélin, contenant la suite des 75 figures ÉPREUVES AVANT LA LETTRE.

148. LIVRE D'AMOUR (par Sainte-Beuve). *Paris, de l'imprimerie de Pommeret et Guénot,* 1843, in-12, broché.

Ouvrage rare tiré à très petit nombre et qui n'a pas été mis dans le commerce.

149. Lobineau (Dom Gui Alexis). Histoire de Bretagne, composée sur les titres et les auteurs originaux, enrichie de plusieurs portraits et tombeaux en taille-douce avec les preuves et pièces justificatives, accompagnées d'un grand nombre de sceaux. *Paris, V^{ce} François Muguet,* 1707, 2 vol. in-fol., fig., v. brun.

150. Lucretii Cari (Titi) de Rerum natura libri sex. *Birminghamiæ, typis Johannis Baskerville,* 1772, gr. in-4, mar. rouge, fil., dos orné, tr. dor. (*Rel. anc.*)

Bel exemplaire.

151. Lucrezio Caro (Tito) della natura delle cose libri sei, tradotti dal latino in italiano da Alessandro Marchetti. *In Amsterdamo (Parigi),* 1754, 2 tomes en 1 vol. gr. in-8, fig., v. marb., fil., tr. dor.

Exemplaire contenant : 2 frontispices et 2 titres gr. par *Le Mire* d'après *Eisen,* 6 figures, 7 vignettes et 5 culs-de-lampe dess. par *Cochin et Eisen,* gr. par *Aliamet, Baquoy, Flipart, Le Mire, Sornique,* etc., auquel on a ajouté une esquisse au crayon noir dessinée par *Cochin* pour Lucrèce.

152. MAGASIN DES MODES, ou les Modes nouvelles décrites d'une manière claire et précise et représentées par des planches en taille-douce enluminées. *A Paris, chez Buisson,* 1785, in-8, fig. en couleurs, mar. ch. rouge, ébarbé.

Du 15 novembre 1785 au 1er novembre 1786. 72 planches coloriées de costumes, coiffures, pièces d'orfèvrerie, meubles, bijoux, voitures, gravées par *Duhamel* d'après *Pugin, Desrais* et *Defraisne.*

153. **MAGASIN DES MODES** nouvelles françaises et anglaises décrites d'une manière claire et précise et représentées par des planches en taille-douce enluminées. *A Paris, chez Buisson*, 1786, in-8, fig. en couleurs, mar. ch. rouge, ébarbé.

Du 20 novembre 1786 au 10 novembre 1787. 97 planches coloriées de costumes, coiffures, pièces d'orfèvrerie, meubles, bijoux, voitures, gravées par *Duhamel* d'après *Pugin, Desrais* et *Defraisne*.

154. MAICHIN (Armand). Histoire de Saintonge, Poitou, Aunix et Angoumois, contenant ce qui s'est passé de plus remarquable dans la France, l'Italie, l'Allemagne, l'Espagne et l'Angleterre, avec des observations particulières sur l'estat de la Religion et sur l'origine des plus nobles et plus illustres familles de l'Europe. *Rochefort, Joseph Bahuau*, 1693, 2 parties en 1 vol. in-fol., v. brun.

155. MALEBRANCHE (de l'Oratoire). Traité de la Nature et de la Grâce. *Amsterdam, Daniel Elsevier*, 1680, pet. in-12. mar. rouge jans., dent. int., tr. dor. (*Trautz-Bauzonnet.*)

Édition originale.

156. MAROT (Clément). Œuvres revues sur plusieurs manuscrits, et sur plus de quarante éditions et augmentées tant de diverses poésies véritables, que de celles qu'on lui a faussement attribuées, avec les ouvrages de Jean Marot, son père, ceux de Michel Marot, son fils, et les Pièces du différend de Clément avec François Sagon, accompagnées d'une Préface historique et d'observations critiques (par Nic. Lenglet du Fresnoy). *A La Haye, chez P. Gosse et J. Neaulme*, 1731, 4 vol. in-4, portrait par G.-F.-L. Debrie, fleurons et vignettes, cuir de Russie, dent., dos ornés, tr. dor.

Bel exemplaire tiré sur grand papier.

157. MARTIAL de Paris dit d'Auvergne. LIII Arrests d'amours. Aresta amorum, accuratissimis Benedicti Curtii Symphoriani commentariis ad utriusque juris rationem, forensiumque actionum usum quam acutissime accommodata.

Le tout diligemment reveu et corrigé en une infinité d'endroits, outre les précédentes impressions. *Rouen, chez
Raphael du Petit-Val*, 1587, in-16, v. fauve.

Armoiries sur les plats.

158. MARTIALIS (M. Valerii) Epigrammatum libri ad optimos
codices recensiti et castigati. *Lutetiæ Parisiorum, typis Jo-
sephi Barbou*, 1754, 2 vol. in-12, front. et 2 vignettes
dess. par Eisen, gr. par Lemire et Legrand, mar. rouge.
fil., dos ornés, tr. dor. (*Rel. anc.*)

159. MÉMOIRES contenans ce qu'il y a de plus remarquable
dans Villefranche, capitale du Beaujolois. A Messieurs les
Echevins de Villefranche. *A Villefranche, chez Antoine
Baudrand*, 1671, in-4, fig., v. brun.

160. MÉNARD. Histoire civile, ecclésiastique et littéraire de la
ville de Nismes, avec des notes et les preuves, suivi de
dissertations historiques et critiques sur les antiquités et
de diverses observations sur son histoire naturelle. *Paris.
Chaubert et Hérissant*, 1750-1758, 7 vol. in-4, fig., v.
marbr.

Incomplet des tomes I et II.

161. MÉZERAY (F. de). Histoire de France, depuis Fara-
mond jusqu'au règne de Louis le Juste, enrichie de plusieurs belles et rares antiquitez et de la vie des reynes,
des portraits au naturel des rois, des reines et des dauphins,
tirez de leurs chartes, effigies et autres anciens originaux.
Paris. Denis Thierry, J. Guignard et Cl. Barbin, 1685, 3 vol.
in-fol., frontispice gravé et portraits, mar. rouge, fil., dos
ornés, tr. dor.

Aux armes du marquis de La Vieuville.

162. MONTESQUIEU. Œuvres complètes, précédées de son éloge
par d'Alembert; nouvelle édition. *Paris, L. de Bure*, 1827,
gr. in-8, port., mar. bleu, compart. et arabesques, dent.
intér., doublé de tabis, dos orné, tr. dor. (*Simier*.)

163. Montesquieu. Le Temple de Gnide. Nouvelle édition, avec figures gravées par N. Le Mire, d'après les dessins de Ch. Eisen. Le texte gravé par Drouët. *Paris, chez Le Mire*, 1772, gr. in-8, v. marbr., fil., tr. dor.

> Titre gravé renfermant le portrait de Montesquieu en médaillon, vignette et 9 fig. dess. par *Eisen*, gr. par *Le Mire*.

164. Monumens de la vie privée des Douze Césars d'après une suite de pierres gravées sous leur règne (par d'Hancarville). *A Caprées* (sic), *chez Sabellus*, 1780. — Monumens du culte secret des dames romaines pour servir de suite aux Monumens de la vie privée des XII Césars (par le même). *A Caprée, chez Sabellus*, 1784, 2 vol. in-4, mar. rouge, fil., dos ornés, tr. dor. (*Rel. anc.*)

> Très bel exemplaire de la première édition des deux ouvrages contenant 2 frontispices et 100 planches.

165. MULLER (Eugène). La Forêt. Son histoire. — Sa légende. — Sa vie. — Son rôle. — Ses habitants. Illustrations de Bodmer, Chifflart, Corot, Diaz, J. Dupré, Giacomelli, Th. Rousseau, Scott; gravure de F. Méaulle. *Paris, P. Ducrocq*, 1878, gr. in-8, mar. brun, fil., compart., coins dorés, dos ornés, dent. intér., tr. dor. (*Pagnant.*)

> Très bel exemplaire contenant les huit dessins originaux de F. Chifflart.

166. Nieuhoff (Jean). L'Ambassade de la compagnie orientale des Provinces Unies vers l'empereur de la Chine, ou Grand Cam de Tartarie, faite par les sieurs Pierre de Goyer et Jacob de Keyser, mise en françois par Jean Le Carpentier. Enrichi d'un grand nombre de tailles-douces. *Leyde, Jacob de Meurs*, 1665, 2 parties en 1 vol. in-fol., v. brun, tr. jasp.

167. Nouveau Recueil de Fabliaux et Contes inédits des poètes français des xiie, xiiie, xive et xve siècles, publié par M. Méon. *Paris, Chasseriau*, 1823, 2 vol. in-8, gr. pap. vélin, figures, demi-rel. mar. citron, mosaïque de mar. bleu, rouge et vert, non rognés. (*Simier.*)

168. Novum Testamentum, juxta exemplar Millianum,

(grœce). Typis Joannis Baskerville. *Oxonii, e typographeo
Clarendoniano,* 1763, gr. in-4, mar. rouge, fil., dos orné,
tr. dor. (*Rel. anc.*)

169. OFFICE de la semaine sainte, en latin et en françois, à
l'usage de Rome et de Paris. Avec des réflexions, médi-
tations, prières et instructions pour la confession et com-
munion. *Paris, Ve Mazières et Garnier,* 1728, in-8, fig.,
mar. rouge, compart. et arabesques, dos fleurdelisé, tr. dor.

Aux armes de la reine MARIE LECZINSKA.

170. OFFICIUM Beatae Mariae Virginis nuper reformatum et
Pii V. Pont. Max. jussu editum. Hymni plures grœce
translati et suis numeris restituti Antiph. collectae et
preces SS. PP. adiunctae, ac recognitae per Feder. Mo-
rellum. *Parisiis, in officina H. de Marnef, apud Dionysiam
Cavellat,* 1616, in-12, front. gr. par Léonard Gaultier et
fig. (21) sur bois, mar. vert, fil., tr. dor. (*Rel. anc.*)

171. ŒUVRES de M. de Saint-Marc. *A Genève et se trouve à
Paris, chez Monory,* 1775, gr. in-8, titre, figure et 2 vignettes, gr. par Gaucher et Elluin, d'après Eisen, Moreau
et Marillier, demi-rel. v. brun, non rogné.

Manque le portrait.

172. OVIDE. LES MÉTAMORPHOSES en latin et en françois, de
la traduction de M. l'abbé Banier. *A Paris, chez Guillyn,*
1767-1771, 4 vol. in-4, mar. rouge, fil., dos ornés, tr.
dor. (*Rel. anc.*)

Bel exemplaire de premier tirage, contenant 140 estampes, 30 vignettes et un cul-de-lampe, dess. par *Eisen, Moreau, Boucher,* gr.
par *Le Mire* et *Basan,* les vignettes par *Choffard.*

173. OVIDE. LES MÉTAMORPHOSES, en latin et en françois,
de la traduction de l'abbé Banier. *Paris, Delalain,* 1767-
1771, 4 vol. in-4, v. marb., tr. dor.

Bel exemplaire de premier tirage contenant : 140 estampes,
30 vignettes et un cul-de-lampe, dess. par *Eisen, Moreau, Boucher,*
gr. par *Le Mire* et *Basan,* les vignettes par *Choffard.*
Armoiries sur les plats.

174. PARNY. Œuvres choisies, augmentées des variantes de

texte et des notes. *Paris, Lefèvre*, 1827, gr. in-8, port.,
mar. vert, fil., compart. et arabesques, mosaïque de mar.
rouge, vert et citron, coins et milieux, dorure à petits
fers, dos orné, tr. dor.

Très riche reliure exécutée par Simier.

175. PEZAY (Marquis de). Zélis au bain, poème en quatre
chants. *A Genève, s. d.* (1763). — Lettre d'Alcibiade à Gli-
cère, suivie d'une lettre de Vénus à Pâris. *Paris, Séb.
Jorry*, 1764. — Épître à mon ami. *S. l. n. d.* — Lettre
d'Ovide à Julie. *S. l.*, 1764. — Bagatelles anonymes avec
la suite, recueillies par un amateur. *Genève*, 1766-1767.
Ensemble 5 parties en un vol. in-8, pap. de Hollande, v.
fauve, fil., tr. dor.

Titre gravé, 7 figures, 11 vignettes et 9 culs-de-lampe, dess. par
Eisen, gr. par *Le Mire, de Longueil, Aliamet*, etc.

176. PLAUTI (Marci Accii) Comœdiæ quæ supersunt. *Parisiis, J. Barbou*, 1759, 3 vol. in-12, frontispices et vignettes
dess. par Eisen, gr. par Lempereur et Aliamet, mar.
rouge, fil., tr. dor.

177. PLUTARQUE. Œuvres (Hommes illustres), traduites du
grec et accompagnées de notes par D. Ricard. *Paris, J.-L.
Brière*, 1827, in-8, mar. rouge, fil., compart., coins dorés,
dos orné, doublé de tabis, tr. dor. (*Simier.*)

Édition imprimée en caractères microscopiques.

178. POE (Edgar). Histoires et nouvelles Histoires extraor-
dinaires, traduction de Ch. Baudelaire. *Paris, M. Lévy*,
1869, 2 vol. in-12, v. fauve, fil., tête dor., non rognés.

Exemplaire contenant 20 dessins originaux au crayon noir et au
lavis d'encre de Chine, par *Vierge, Férat, Vogel, Lenoir et Meaulle*.
32 figures en divers états : Eaux-fortes, avant la lettre ; Épreuves
uniques gravées d'après *Chifflart, Meaulle, Vierge, Lançon, Morin,
Férat, Herpin, Vogel, Meyer*, etc. Ensemble, 52 pièces.

179. POÉSIES de Sapho, suivies de différentes poésies dans le
même genre (par Billardon de Sauvigny). *Amsterdam*,
1777, in-18, front. gr. par N. de Launay, d'après Marillier,
mar. rouge, fil., dos orné, tr. dor. (*Rel. anc.*)

180. Pope (Alexandre). Œuvres complètes, traduites en françois (par divers). Nouvelle édition, revue, corrigée, augmentée du texte anglois mis à côté des meilleures pièces (publiée par l'abbé de La Porte), et ornée de belles gravures. *Paris, veuve Duchesne*, 1779, 8 vol. in-8, v. marbr., fil., tr. dor.

> Portrait gr. par *Le Beau*, d'après *Kneller*, et 17 fig. dess. par *Marillier*, gr. par *Dambrun, Duflos, Gaucher, Godefroy, Halbou, Lebeau, Ponce, Romanet* et *Trière*.

181. PRÉVOST (L'abbé). Histoire de Manon Lescaut et du chevalier des Grieux. *A Paris, de l'imprimerie de P. Didot l'aîné, an V (1797)*, 2 vol. in-12, mar. vert, fil., compart., dos ornés, tr. dor. (*Simier*.)

> Très bel exemplaire tiré sur grand papier vélin, relié sur brochure, contenant la suite des 8 figures dess. par *Lefèvre*, gravées par *Coiny*, épreuves en double état avant la lettre et eaux-fortes, auquel on a ajouté la suite des 4 figures dess. par *Desenne*.

182. Pygmalion, scène lyrique de M. J.-J. Rousseau, mise en vers par M. Berquin. Le texte gravé par M. Droüet, *Paris*, 1775, gr. in-8, fig. — Idylle, par Berquin. *S. l. n. d.*, in-8 de 4 pp., texte gravé. — Fayel, tragédie par M. d'Arnaud. Nouvelle édition. *Paris, Delalain*, 1777, in-8, fig. gr. par de Longueil, d'après Moreau. — Ensemble 3 pièces en 1 vol. in-8, v. marb., fil.

> 7 vignettes et 1 cul-de-lampe, dess. par *Moreau*, gr. par *Delaunay* et *Ponce*.

183. RABELAIS (François). Œuvres publiées sous le titre de Faits et Dits du géant Gargantua et de son fils Pantagruel, avec la Prognostication Pantagrueline, l'Epître du Limosin... Nouvelle édition, où l'on a ajouté des remarques historiques et critiques (par Jac. Le Duchat et Bern. de La Monnoye). *Amsterdam, Henri Bordesius*, 1711, 6 tomes en 5 vol. in-8, fig., vél. blanc, fil., tr. jasp.

> Exemplaire en grand papier.

184. RABELAIS (François). Œuvres, avec des Remarques historiques et critiques de M. Le Duchat; nouvelle édition

ornée de figures de B. Picart, augmentée de quantité de
nouvelles remarques de M. Le Duchat, de celles de l'édition angloise des Œuvres de Rabelais, de ses lettres et de
plusieurs pièces curieuses et intéressantes. *Amsterdam,
Jean Frédéric Bernard*, 1741. 3 vol. in-4, v. fauve, fil.,
dos ornés.

> Frontispice dess. par *Folkema*; portrait de Rabelais par *Tanjé*,
> 8 culs-de-lampe par *B. Picart* et 12 estampes par *Du Bourg*, gr. par
> *Folkema* et *Tanjé*.

185. **Racine** (Jean). Œuvres. *Paris*, 1760, 3 vol. in-4, fig.,
v. marbr., fil., tr. dor.

> Portrait par *Daullé*, 3 fleurons, 12 figures, 13 vignettes et 60 culs-
> de-lampe, dess. par *de Sève*, gr. par *Aliamet, Baquoy, Flipart,
> Legrand, Lemire, Lempereur, Sornique et Tardieu.*

186. **Recueil** de quelques pièces nouvelles et galantes, tant
en prose qu'en vers, dont les titres se trouveront après la
Préface. *Cologne, chez Pierre du Marteau (Amsterdam,
L. et D. Elzevier)*, 1663, pet. in-12, mar. vert, fil., dos
orné, dent. int., tr. dor.

> Contient : Voyage de l'Isle d'Amour, à Philis. — Voyage de Mes
> sieurs de Bachaumont et La Chapelle. Elégie sur la disgrâce de
> M. F. — Plainte de la France à Rome, par M. Corneille, etc. (34 pièces).

187. **Recueil** des Principales pièces du procez jugé au con-
seil d'Etat du Roy en faveur du Présidial de Lyon contre
le Parlement de Grenoble pour la juridiction de la Guillo-
tière et du mandement de Bechevelin. *Lyon, L. Langlois*,
1702, in-4, mar. rouge, fil., tr. dor.

188. **Recueil** général des Caquets de l'accouchée, ou discours
facécieux où se voit les mœurs, actions et façons de faire
des grands et petits de ce siècle, le tout discouru par
Dames, Demoiselles, Bourgeoises et autres... Avec un
Discours du Relèvement de l'Accouchée. *S. l. (Paris, imprimé au temps de ne se plus fascher*, 1623, pet. in-8,
front. gr., mar. vert, fil., tr. dor. (*Rel. anc.*)

> Titre remonté. Court de marges.

189. **Réflexions** sur la Miséricorde de Dieu par une dame

pénitente (mademoiselle de La Vallière). *Paris, Dezallier,* 1682, in-12, mar. bleu, fil., dos orné, dent. int., tr. dor. (*Lortic.*)

Édition originale.

190. REGNARD. Œuvres. *Paris, chez les Libraires associés,* 1770, 4 tomes en 2 vol. pet. in-12, mar. rouge, fil., dos ornés, tr. dor. (*Rel. anc.*)

191. REGNARD. Œuvres, avec des Avertissements et des Re· marques sur chaque pièce par M. G..., (Garnier). *Paris, de l'imprimerie de Monsieur,* 1789-1790, 4 vol. in-8, v. marbr., fil., tr. dor.

Portrait gr. par *Tardieu,* d'après *Rigaud,* et 11 figures dess. par *Moreau* et *Marillier,* gr. par *Delignon, Duponchel, Giraud, Halbou, Langlois, de Longueil, Patas, Simonet* et *Trière.*

192. REGNARD. ŒUVRES. Nouvelle édition, revue, exac- tement corrigée, et conforme à la représentation. *Paris, Maradan,* 1790, 4 vol. gr. in-8, pap. vélin, fig., mar. rouge, compart. de fil. dos ornés. tr. dor. (*Rel. anc.*)

Bel exemplaire contenant : Portrait et 12 figures dess. par *Borel,* gr. par *Viguet, Croutelle, Halbou, Duhamel* et *Le Roy.*

193. REGNIER. SATYRES et autres œuvres, accompagnées de Remarques historiques (de Cl. Brossette). Nouvelle édition considérablement augmentée (par Lenglet du Fresnoy). *A Londres, chez Jacob Tonson,* 1733, in-fol., texte encadré, mar. rouge, fil., dos orné. tr. dor. (*Rel. anc.*)

Aux armes d'Amelot de Chaillou, ministre de Louis XVI. Bel exemplaire tiré sur grand papier contenant frontispice gr. par *L. Cars,* d'après *Natoire,* un fleuron, 7 vignettes et 15 culs-de- lampe, dess. par *Boucher* et *Natoire,* gr. par *Cochin.*

194. RELATION de la conduite présente de la cour de France, adressée à un Cardinal à Rome, par un seigneur romain, de la suite de Son Éminence Monseigneur le cardinal Fla- viò Chigi, légat du Saint-Siège vers le Roy très Chrestien. Traduite d'italien en françois. *A Leyde, chez Antoine du Val* (*Bruxelles, Fr. Foppens*), 1665, pet. in-12, mar. rouge, fil., dos orné, dent. int., tr. dor.

195. Richardson. Pamela : or Virtue rewarded. In a series of familiar letters from a beautiful young damsel to her parents... *London, J. Osborn and J. Rivington*, 1742, 4 vol. in-8, v. gran., dent., tr. marb.

> 29 figures dess. par *Hayman*, gr. par *Gravelot*.

196. Robida (A.). Les vieilles Villes d'Espagne. Notes et souvenirs. Ouvrage illustré de 125 dessins à la plume par A. Robida, reproduits en fac-similé. *Paris, Maurice Dreyfous*, 1880, gr. in-8, demi-rel. mar. ch. rouge, dos et coins, tête dor., non rogné.

197. Roland furieux, composé premièrement en ryme thuscane par Messire Loys Arioste, noble homme Ferraroys, et maintenant traduict en prose françoyse (par Jean des Goutes); partie suyvant la phrase de l'auteur, partie aussi le style de ceste nostre langue. *Paris, Vincent Sartenas*, 1555, in-8, mar. brun, fil., dos orné, tr. dor. (*Rel. anc.*)

198. Rousseau (J.-J.), citoyen de Genève. Émile, ou de l'Éducation. *A la Haye, chez Jean Néaulme*, 1762, 4 vol. in-8, fig., v. marb.

> Édition originale, contenant 5 fig. dess. par *Eisen*, gr. par *de Longueil, Le Grand et Pasquier*.

199. Rousseau (J.-J.), citoyen de Genève. Émile, ou de l'Éducation. *Londres (Paris, Cazin)*, 1780, 4 vol. in-18, mar. vert, fil., dos ornés, tr. dor. (*Rel. anc.*)

> 8 figures dess. par *Moreau*, gr. par *Delvaux*.

200. Rousseau (J.-J.). La Nouvelle Héloïse, ou Lettres de deux amans, habitans d'une petite ville au pied des Alpes. *Londres (Paris, Cazin)*, 1781, 7 vol. in-18, mar. rouge, fil., dos ornés, tr. dor. (*Rel. anc.*)

> Frontispice et 11 figures, dess. par *Moreau*, gr. par *Delvaux*.

201. Saint-Gelais (Octovien de). Le Seiour dhonneur. (A la fin) : *Cy finist le seiour dhonneur nouvellement imprime pour anthoyne verard marchant librayre demourant a paris*

devant la rue neufve nostre dame ou au Palais, **pet. in-4**, caract. goth., à 30 lignes par page, v. marb.

Mouillures et raccommodages.

202. SAINT-LAMBERT. Les Saisons, poème. — Contes, Pièces fugitives et Fables orientales. *Amsterdam* (*Paris*), 1769, in-8, fig., v. brun.

5 figures, 1 fleuron et 4 vignettes dess. par *Le Prince et Gravelot*, gr. par *Choffard, Delaunay, Prévost, Rousseau, Saint-Aubin* et *Watelet*.

203. SAINT-LAMBERT. Les Saisons, poème. Septième édition. — Contes, Poésies fugitives et Fables orientales. *Amsterdam* (*Paris*). 1775, gr. in-8, fig., v. marb., fil., tr. dor.

7 figures, 1 fleuron et 4 vignettes, dess. par *Moreau et Choffard*, gr. par *Delaunay, Duclos, Lebas, Prévost* et *Simonet*.

204. SALLUSTII (C. Crispi) quæ exstant et L. Annæi Flori Epitome rerum romanarum. *Birminghamiæ, typis Joannis Baskerville*, 1773, gr. in-4, mar. rouge, fil., dos orné, tr. dor. (*Rel. anc.*)

205. SAVONAROLÆ (Hier.) Ferrariensis, Meditationes in Psalmos Misere, In te Domine speravi et Qui regis Israel. — Dialogus cui titulus Solatium itineris mei libri VII. *Lugduni Batavorum, ex officinâ Joannis Maire*, 1633, pet. in-12, réglé, mar. rouge, fil. à la Du Seuil, tr. dor. (*Rel. anc.*)

206. SAVONAROLÆ (Hier.) Ferrariensis Ordinis Prædicatorum Triumphus crucis, sive de Veritate fidei libri IV. Recens in lucem editus. *Antverpiæ, apud Henricum Aertssens*, 1633, pet. in-12, titre gravé, réglé, mar. rouge, fil. à la Du Seuil, tr. dor. (*Rel. anc.*)

207. SCARRON. Œuvres, reveues, corrigées et augmentées de nouveau. *A Paris, chez Guillaume de Luyne*. 1654, pet. in-12, portrait et figures, mar. rouge, fil., tr. dor. (*Rel. anc.*)

208. SCARRON. Le Romant comique. *Suivant la copie imprimée à Paris au Quaerendo* (*Holl.*), 1668, 2 parties en

1 vol. pet. in-12, front. gravé, mar. citron, milieux dorés, dent. int., tr. dor. (*Hardy.*)

209. SENAULT (Le Rév. P.). De l'Usage des passions. *Paris, Chr. Journel, s. d.*, pet. in-12 titre gr. par Larmessin, mar. rouge, fil., tr. dor. (*Rel. anc.*)

210. SILVIE (par Watelet). *Londres (Paris, Prault)*, 1743, pet. in-8, mar. citron, fil., dos orné, dent. int., tr. dor. (*Allô.*)

> Armoiries sur les plats.
> Frontispice, 8 figures, 1 fleuron, 4 vignettes et culs-de-lampe dess. par *Pierre*, gr. par *Watelet*.

211. SLEIDANI De Statu religionis et reipublicæ Carolo quinto Caesare, Cōmentarii. *S. l. (Paris), excudebat Conradus Badius*, 1559, pet. in-8. — Jo. Sleidani. De quatuor summis imperiis, Babylonico, Persico, Græco et Romano, libri tres. *S. l. (Paris), excudebat Conradus Badius*, 1559, pet. in-8. Ensemble 2 tomes en 1 vol. pet. in-8, mar. rouge, fil., dos orné, tr. dor. (*Rel. anc.*)

212. SORBIN (Arnaud) dit de Saincte-Foy. Le Vray Resveille-Matin des Calvinistes, et Publicains François, où est amplement discouru de l'auctorité des Princes, et du devoir des sujets envers iceux. *Paris, Guillaume Chaudière*, 1576, pet. in-8, mar. rouge, fil., dos orné, tr. dor. (*Rel. anc.*)

213. SUBLEYRAS. Nella venuta in Roma di Madama Le Comte e dei signori Watelet, e Copette, Rinomatissimi Letterati Francesi Componimenti Poetici di Luigi Subleyras P. A. Colle figure in rame di Stefano della Vallee-Poussin. *S. l. (Roma)*, 1764, in-4, texte gravé, cart.

> Volume tiré à peu d'exemplaires. Il contient vignette-frontispice et 12 eaux-fortes, gr. par *Lavallée-Poussin*. On a ajouté un portrait de Watelet, gr. par *Cochin*.

214. SUETONIUS (Caius) Tranquillus (De vita XII Cæsarum). *Parisiis, e typographia regia*, 1644, pet. in-12, titre gravé, mar. rouge, fil., dos orné, tr. dor. (*Rel. anc.*)

215. SWIFT. Voyages de Gulliver (traduction de l'abbé
Desfontaines). *Paris, de l'imprimerie de Pierre Didot l'aîné
an V* (1797), 4 vol. pet. in-12, fig. mar. rouge, dent.,
doublés de tabis, dent. int., tr. dor. (*Bozérian.*)

> Bel exemplaire tiré sur grand papier vélin contenant frontispice
> et 9 fig. dess. par *Lefebvre*, gr. par *Masquelier*, ÉPREUVES AVANT LA LETTRE.

216. TASSO (Torquato). La Gerusalemme liberata. *Parigi,
M. Prault*, 1768, 2 vol. pet. in-12, frontispices de Moreau
le jeune, portrait, mar. rouge, fil., tr. dor. (*Rel. anc.*)

217. TASSO (Torquato). LA GERUSALEMME LIBERATA.
*In Parigi, appresso Agostino Delalain, Pietro Durand et
Gio-Claudio Molini*, 1771, 2 vol. in-4, mar. vert, fil., dent.,
coins dorés, dos ornés, tr. dor. (*Derome.*)

> Précieux exemplaire contenant la suite des QUATRE-VINGT-HUIT
> DESSINS ORIGINAUX DE GRAVELOT pour l'illustration du livre
> comprenant : 2 frontispices avec le portrait du Tasse et de Gravelot ;
> 2 fleurons sur les titres, une dédicace, 20 figures, 9 grands culs-de-
> lampe, 14 petits culs-de-lampe, 20 vignettes en tête de chaque
> chant et 20 portraits des personnages du poème.

218. TASSONI (Alessandro.) La Secchia rapita, poema eroi-
comico in duodecimo canto. *In Parigi, appresso Lorenzo
Prault e Pietro Durand*, 1766, 2 vol. gr. in-8, fig., mar.
vert, fil., dos ornés, tr. dor. (*Rel. anc.*)

> 2 titres gr., 1 portrait en médaillon, 12 figures dess. par *Grave-
> lot*, gr. par *Duclos, Née, Pasquier et Simonet;* 12 en-têtes et 12 culs-
> de-lampe, gr. par *Leroy* d'après *Gravelot, Huet* et *Marillier.*

219. TERENTII (Pub.) Afri Comoediae sex, ad optimorum
exemplarium fidem recensitae, accesserunt variae lectiones,
etc. *Lutetiae Parisiorum, N. Le Loup et J. Merigot*, 1753,
2 vol. in-12, fig.. mar. vert. fil., tr. dor. (*Rel. anc.*)

> Exemplaire tiré sur papier de Hollande, contenant frontispice,
> 7 figures, 37 vignettes et 28 culs-de-lampe dess. par *Gravelot*, gr.
> par *Delafosse* et *Sornique.*

220. TERENTII Afri (Pub.) Comoediae. *Birminghamiae, typis
Johannis Baskerville*, 1772, gr. in-4, mar. rouge, fil., dos
orné, tr. dor. (*Rel. anc.*)

> Bel exemplaire.

221. Térence. Comédies; traduction nouvelle avec le texte latin à côté et des notes par M. l'abbé Le Monnier. *Paris, Jombert,* 1771, 3 vol. in-8, v. fauve, tr. dor.

Frontispice et 6 figures dess. par *Cochin,* gr. par *Choffard, Prévost, Rousseau* et *Saint-Aubin.*

222. Trois Veritez (Les) contre les Athées, Idolatres, Juifs, Mahumetans, Heretiques et Schismatiques, le tout traicté en trois livres (par Pierre Le Charron). *A Bourdeaus, par S. Millanges,* 1593, pet. in-8, vél.

223. VACQUERIE (Auguste). Tragaldabas, drame en cinq actes en vers, édition illustrée. *Paris, G. Chamerot,* 1886, in-4, mar. vert olive, fil. dos orné, dent. intér., tr. dor. *(Pagnant.)*

L'un des 75 exemplaires sur papier du Japon contenant l'un des deux tirages a part, sur papier fin du Japon, du portrait d'Aug. Vacquerie du titre illustré, de la liste des personnages, du portrait de Tragaldabas et des 5 grandes figures, 5 culs-de-lampe et 41 vignettes dess. par *Zier,* gr. par *F. Meaulle.*

224. Velleius Paterculus (M.), cum notis Gerardi Vossii G. F. (Historiæ romanæ). *Lugd. Batavorum, ex officina Elzeviriana,* 1639, 2 parties en 1 vol. pet. in-12, titre gravé, mar. rouge, fil., tr. dor. *(Rel. anc.)*

225. Virgilii Maronis Opera. Curis et studio Stephani Andreæ Philippe. *Lutetiæ Parisiorum, Ant.-Urb. Coustelier,* 1745, 3 vol. in-12, fig. gr. par Duflos d'après Cochin, v. marb., fil., tr. dor.

De la bibliothèque de M. Berryer.

226. Virgilii Maronis Bucolica, Georgica et Æneis. *Birminghamiæ, typis Johannis Baskerville,* 1757, gr. in-4, mar. rouge, fil., dos orné, dent. int., tr. dor. *(Rel. anc.)*

Bel exemplaire.

227. Virgile. Les Géorgiques. Traduction nouvelle en vers françois, enrichie de notes et de figures, par M. Delille. *Paris, Bleuet,* 1770, gr. in-8, v. fauve.

4 Figures dess. par *Eisen,* gr. par *de Longueil.* Le frontispice manque.

228. **VOLTAIRE**. Œuvres complètes. *De l'Imprimerie de la Société littéraire typographique (à Kehl)*, 1784-1789, 70 vol. in-8, gr. papier vélin, figures dess. par Moreau, mar. vert, fil., dos ornés, tr. dor. (*Rel. anc.*)

> Bel exemplaire.

229. Voltaire. La Henriade. Nouvelle édition, revue, corrigée et augmentée de beaucoup ; avec des notes. *A Londres, chez Hierome Bold Truth,* 1730, in-8, mar. rouge, fil., gardes de pap. doré, tr. dor. (*Rel. anc.*)

230. Voyage de Chapelle et Bachaumont, suivi de quelques autres voyages dans le même genre. *Genève (Paris, Cazin),* 1777, in-18, front. gr. par de Launay d'après Marillier, mar. rouge, fil., dos orné, tr. dor. (*Rel. anc.*)

MANUSCRITS

231. État du personnel officiers et soldats du 4ᵉ régiment de dragons commandé par M. le marquis de Galliffet. In-8, mar. vert, fil., fers à froid, tr. dor.

> Manuscrit exécuté vers 1825, indiquant le nom, le grade et les états de service de chaque officier, sous-officier et soldat composant le régiment à cette époque.

232. HISTOIRE de la Souveraineté de Dombes, divisée en huit livres, justifiée par titres, fondations de monastères anciens, par Samuel Guichenon, écuyer, seigneur de l'ainessuit, chevalier de l'ordre des Saints Maurice et Lazare, historiographe de France, de Savoye et de Dombes. 1662, 2 vol. in-fol. mar. rouge, fil., dos ornés, tr. dor.

> Aux armes de Bertin de Chalup.
> Manuscrit de 727 pages pour le tome premier et de 630 pages pour le tome second. Copie faite pour Sam. Guichenon, ainsi que le prouve le passage suivant, extrait d'une note placée en tête du tome premier : *De sorte que pour empêcher qu'un jour ce livre tom-*

*bant entre les mains de quelque autre ne fût imprimé sous un autre
nom que le mien, j'en ai fait faire cette copie de diverses mains pour
servir de mémoires aux miens tant seulement.*

233. HORÆ. In-32 carré de 23? ff. (hauteur : 102 millimètres ; largeur : 75 millimètres), miniatures, bordures et
lettres ornées, mar. rouge, fil., tr. dor.

Joli petit manuscrit sur vélin, exécuté en Italie au xve siècle. Il
contient plusieurs offices, dont voici l'indication. Fol. 13 : « Offitium
beate Marie virginis secundum usum et consuetudinem Romane
curie. » — Fol. 83 : « Offitium sancte Crucis. » — Fol. 88vo : « Offitium
de Spiritu sancto. » — Fol. 91 : « Offitium sancte Ekaterine » (*sic* pour
Catharina). — Fol. 97 : « Septem psalmi penitenciales. » — Fol. 118vo :
« Offitium mortuorum. »

Cet office est accompagné d'oraisons diverses. Aux fol. 205-
210 sont des commémoraisons pour la Vierge, sainte Anne, saint
Jean l'évangéliste, saint Jérôme, sainte Catherine, saint Théo-
dore, saint Antoine de Padoue, saint François, saint Georges,
saint Antoine, confesseur, saint Pierre, martyr, et sainte Scholastique. Elles précèdent des miniatures à pleine page représentant
la Vierge et cinq de ces saints. Fol. 213 : Vierge tenant l'enfant
Jésus. — Fol. 214 : Saint François d'Assise. — Fol. 215 : Saint Georges.
— Fol. 216 : Saint Antoine avec sa clochette. — Fol. 217 : Saint-
Pierre de Vérone. — Fol. 219 : Sainte Scholastique.

Ces six grandes miniatures ne sont pas les seules qu'on trouve
dans ce ms. Il en contient 19 autres beaucoup plus petites dans les
initiales peintes d'un certain nombre de chapitres. Ce sont : L'An-
nonciation (fol. 13). — La Nativité (fol. 24). — L'Adoration des mages
(fol. 36). — La Présentation au Temple (fol. 41). — La Résurrection
(fol. 45vo). — L'Ascension (fol. 50vo). — La Pentecôte (fol. 54vo). —
L'Assomption (fol. 62). — Le Baiser de Judas (fol. 83). — Jésus
devant Pilate (fol. 84vo). — Jésus portant sa croix (fol. 85vo). — Jésus
élevé en croix (fol. 86). — Jésus en croix (fol. 86vo). — Descente de
croix (fol. 87). — Jésus au tombeau (fol. 88). — Pentecôte (fol. 88vo).
— Sainte Catherine (fol. 91). — Le roi David (fol. 97). — L'Office des
morts (fol. 118vo). — Les pages sur lesquelles se trouvent ces petites
miniatures sont ornées d'une riche bordure dorée et coloriée.

Ces miniatures et ces bordures sont en général en très bon
état.

234. LA SUCCESSION de mon grand'père. Recueil philosophi-
que. 1876 (1776). In-32, mar. rouge, fil., dos orné, tr.
dor. (*Rel. anc.*)

Manuscrit de 234 pp., orné de 12 DESSINS au lavis d'encre de
Chine.

235. Mémoire sur la noblesse. In-4, v. marb.

> Manuscrit de 190 pages, d'une bonne écriture du xviiie siècle.
> Aux armes de Bernard de Rieux.

236. Traité historique des barons de Bretagne où l'on parle aussi par occasion des barons en général, des fiefs de Haubert et de la haute noblesse, avec la généalogie des barons. Un tome en 2 vol. in-fol. v. marb.

> Manuscrit de 895 pages d'une bonne écriture du xviiie siècle. Suivant une note placée en tête du premier volume, Dom Lobineau serait l'auteur de ce traité.
> Ce manuscrit contient les généalogies des maisons d'Avaugour, de Penthièvre, de Quintin, de Fougères, de Léon, de Porhoet, de Rohan, de Rohan-Montbazon, de la Roche-Bernard, de Vitré, de Laval, de Raiz, de Chateaubriant, de la Guerche, d'Ancenis, de Pontchâteau, de Rieux, de Derval, de Malestroit, de la Hunaudaye, etc.
> Sur le premier feuillet la signature du comte de Plelo.

237. VORAGINE (Jacques de). Traduction française de la légende dorée. In-fol. de 361 ff. sur vélin, plus les feuillets préliminaires A-D (hauteur : 315 millimètres; largeur : 215 millimètres), miniatures, bordures et lettres ornées. bas.

> Le volume commence (fol. 1) par la vie de saint André : « Cy commence la légende dorée autrement dicte la fleur des sains. Et premièrement ensuit la vie de mons. saint Andrieu, apostre. Saint Andrieu et aucuns autres disciples... » Il se continue par la vie de « madame saincte Barbre (sic), vierge et martire », et par celle de « mons. saint Cressent et madame saincte Darie martirs ». Les vies de saint Nicolas et de sainte Luce viennent ensuite. La dernière vie du recueil est celle de saint Saturnin, évêque de Toulouse. Elle est accompagnée de l'explicit suivant : « Cy fine la légende dorée autrement appellée la fleur des sains, translatée de latin en françoys. »
> Les feuillets préliminaires A-C sont tout ce qui reste d'un ancien cahier supplémentaire, dans lequel se trouvaient la table du recueil et la traduction du prologue de Jacques de Voragine et du chapitre relatif à l'Avent. Il n'y a plus que le commencement de la table (fol. A), le commencement du prologue (B) et un fragment du chapitre relatif à l'Avent. Le fol. D contient un fragment de la vie de saint Louis, roi de France, qui est souvent ajouté, avec quelques autres, aux traductions de Jacques de Voragine. Nous avons dit que ce cahier était un cahier supplémentaire; ceux qui forment le volume ont été, en effet, numérotés à une époque ancienne et celui qui commence au fol. 1, porte la lettre A.

Toutes les vies, à l'exception des dernières, sont précédées d'une miniature représentant le saint ou la sainte dont il est question. Malheureusement, ces miniatures n'ont pas été achevées ; quelques-unes ont reçu une ou plusieurs couleurs, mais la plupart ne sont dessinées qu'au trait. Il en est de même des bordures qui devaient orner les pages sur lesquelles se trouvent ces miniatures. Les seules achevées sont celles des fol. 1 et 7.

Une erreur a été commise dans la foliotation de ce ms. On est passé du n° 199 au n° 100. Le volume a donc 361 feuillets, bien que le dernier ne porte que le n° 261. On lit, au fol. 1 : « A Deo salus. Dufresne. » On voit, en plusieurs endroits (fol. 9, 46 et 191) le nom de Jean Daguerre, avocat, et de ses clercs Beraud, Medalon, Bordes, etc. Il provient de la bibliothèque de M. Casimir d'Angosse de Pau, dont l'ex-libris est collé sur la couverture.

Paris — Typ. Georges Chamerot, 19, rue des Saints-Pères. — 27328.